석류가 터지는 소리를 기록했다

시작시인선 0382 석류가 터지는 소리를 기록했다

1판 1쇄 펴낸날 2021년 6월 30일
지은이 한정원
펴낸이 이재무
책임편집 박은정
편집디자인 민성돈, 장덕진
펴낸곳 (주)천년의시작
등록번호 제301-2012-033호
등록일자 2006년 1월 10일
주소 (03132) 서울시 종로구 삼일대로32길 36 운현신화타워 502호
전화 02-723-8668
팩스 02-723-8630
홈페이지 www.poempoem.com
이메일 poemsijak@hanmail.net

ⓒ한정원, 2021, printed in Seoul, Korea

ISBN 978-89-6021-566-5 04810
     978-89-6021-069-1 04810(세트)

값 10,000원

석류가 터지는 소리를 기록했다

한정원

천년의 시작

시인의 말

소리를 낼 수 있는
지면 위의 글자들이
호응하는 날들이다

명멸하는 대상을
현재로 앉히기 위해

또 귀를 책에 얹고
볼륨을 높인다

차 례

시인의 말

제1부 햇빛 소리

에포케

입술은 잠이 들었다
수면 안대로 입을 가리고

마스크로 귀를 막자
코는 후각을 잃었다

수직으로 흐르던 도시는 중세로 거슬러 가고
숨을 멎은 생각은 숙성되지 않아 왕겨처럼 까끌했다
전달하지 않은 안부가 달려온 봄 밖에서 멈칫,
무거운 눈꺼풀을 접었다 폈다 다시

웃음 정지, 눈물 정지
문명을 거두어 가라
동쪽 창문을 닫고 머리카락으로 몸을 가린 고디바는
백마를 타고 동네를 배회했다
십 층 성곽에서 왕관을 쓴 소년이 군중을 향해
엄지손가락을 내렸다
에포케,
아프게 아프게
기침도 못 하고 웅크리는 산수유나무

\>

12번 여자가 면세점을 다녀갔다

10번 여자가 CGV를 왔다 갔다

1번 여자가 뒤돌아보며 건물 안으로 숨었다

9번 남자가 올림포스산에서 기도하고 갔다

겨울부터 봄까지 굳게 닫힌 문

눈동자는 눈동자끼리 입술은 입술끼리

지상의 언어는 유보해 두었다

마트의 무빙워크가 카트에 걸려 넘어지고

도서관의 책들이 시름시름 말라 가도

습도 없는 바람은 책장을 넘길 수 없었다

잠시 멈추시오, 판단도 하지 마시오

8번 남자가 골목이 많은 미술관에 다녀간 후

잠복기간은 미로까지 엿보고

7번 여자가 자동차를 탄 채 꽃놀이를 하고 돌아갔다

수면 안대로 봄을 가리는 목련

꽃은 피보나치수열로 피지 않았다

우리는 이파리도 만질 수 없었다

\>

딱딱한 안개를 헤치고 눈을 비비는 두 손
녹지 않은 땅에 엎드려 짧고 가쁜 숨을 내쉬었다

사라진 도서관

도서관 하나가 불탔다

목이 긴 여름밤이 장마 속에 잠겨

기억의 수문을 열었다

어머니가 쏟아져 나왔다

어머니가 관장인 도서관이 매운 연기를 뿜어 냈다

책들을 베껴야 했다

한 문장 한 문장 꼬리까지

받침이 부러질 때까지 물고 늘어져야 했다

재가 된 구름이 검은 옷을 입고

글자의 그림자가 되어 소리 내지 못하고 흘러갔다

도서관이 불타는 것은 우주의 일

도서관이 훌륭하다고 말하고 싶어서

도서관이 불에 탔다

미래가 불탔다

혈족들이 잊혔다

태울 것이 없어서 앞 건물 뒤 건물 놔두고

불면의 새벽을 망치로 두드렸다

이제 어떤 문장도 어법에 맞지 않는다

입술은 바닥을 드러내고 식은 땅의

유물 속에서 침이 마른 인덱스 목록이 나왔다

나의 경력은 출생뿐이어서 죽음은 생각도 못 했다던
요절한 남자의 차가운 이름을 켜 놓고
적막이 된 신전 앞에서 구걸을 한다
어머니가 죽었다는 것은
도서관 하나가 불탔다는 말
찔레꽃도 장미도 깊고 검은 흉터를 남기고
기둥 없는 열람실로 멀어져 갔다

벙커

시계 반대 방향으로 어둠이 지나갔다

어둠의 보폭은 한 뼘, 두 뼘 조금씩 환해지는 것

벽을 짚고 헤드폰을 쓰고

우리는 흙의 자세로 바닥에 누워

석류가 터지는 소리를 기록했다

비밀이 있던 자리에 빛을 침투시키면

백 개의 물이 금빛으로 흘러갔다

흑연을 껴안고 서 있는 시간의 기둥

지우개 밥보다 가볍게 흩어지는 죽은 약속의 입자들

사과꽃은 벽 속에서 말문이 트였다

\>

옹알이에서 나온 첫말, 눈부셔

캄캄한 에코로 집을 지으며 빗소리도 들었지만

곤충도 절지동물도 자라지 않았다

천장은 낮고 전깃줄은 스물두 개

입구와 출구를 찾는 법은 햇빛 냄새를 따라가는 것

녹슨 자물쇠를 더듬으며 나비를 풀어 주고

어둠보다 더 어두운 그림자를 밟으며

우리는 새벽까지 수맥을 따라갔다

바닥은 빛을 다 드러냈다

터미널

터미널이 시키는 대로 침묵했다

눈물이 가자는 곳으로 보내 주었다
고요가 가리키는 오후 여섯 시까지의 기록

회전문 세 번째 칸에 걸려 있는 돌멩이를
두 동강이 난 마지막 인사를
흩어진 음성의 투명한 입자들을
교통카드에 끼워 맞췄다

가방의 지퍼를 열고 무언가 찾는 듯
푸른 가죽 속 꽃송이버섯이 단단하게 잡혔다
처음도 마지막도 아니라는 듯
터미널은 마침표가 아니라 말줄임표로
전광판 위 백 개의 행선지로 깜빡깜빡 흘러갔다

진료기록부에 적힌 라면 부스러기 같은
Terminal— 뒤의 철자를 읽었어야 했는데
단추를 잠그는 시간에
한마디는 더 할 수 있었는데

짧은 꿈이 오목렌즈 속으로 들어가
그녀의 들숨을 굴절시키고 있었다

어둠에 불을 붙여
눈 밝은 미토콘드리아를 추적하듯
슬픈 혀는 아픈 사람의 일생에 달라붙었다

세븐일레븐에서 튕겨 나온 김밥 냄새가
쿵, 쿵, 레지스탕스 발자국으로 쫓아왔다

마지막 버스가 시키는 대로
나는 돌아보지 않았다

시립 미술관

엘리베이터는 밖에 세워 둘 것

본관까지 걸어가는 동안
나는 1,800년대로 들어가야 하니까
나의 이집트를 지나
아몬드나무를 건너가며
뜨거운 빗방울을 맞아야 하니까

당신은 1,800년대에 태어나지 그랬어요

천재들이 한자리에 모여 있는 열 개의 암실
환한 지붕 아래서는 과거를 볼 수 없어
조도는 낮게 배치할 것
어둠이 뿜어내는 19세기의 별빛

보이지 않는 것은 보이는 것의 깊이이니까

붉은 방석에 앉아
한 시간 동안 무릎 꿇고 울어야 했던 여름이
빛을 녹채錄彩 할 수 있다면

나는 검은 기둥 뒤에 숨어 갈색 피부를 이식할 거야

전시실 가운데는 토마토 스프를 먹을 수 있는
하얀 테이블의 카페를 열어 놓을 것
오래된 접시에 입을 맞추고
호퍼가 남기고 간 이른 일요일 아침을
수직의 구도로 기다려 보는 일

미술관을 다섯 번 접었다 펼치면
한숨 자다 일어난 남자가

푸른 수염을 깎으며
이백 년 전의 얼굴로 말한다
미래는 미래처럼 보이지 않고
과거는 미래처럼 보인다고

건물 뒤 자동으로 폐쇄된 출입구 아래는
발목을 담글 수 있는 물의 책갈피를 끼워 넣을 것
미술관은 늙어 갈수록 목이 마르니까
물이 투영하고 있는 또 하나의 별관을 지어야 하니까

스태프 온리

숨어 있는 꿈이라고 읽겠습니다
고요 속에 잠자고 있는
책들, 슬리퍼들, 지갑들, 박스들, 통장들

스위치만 숨을 쉽니다
긴장한 형광등 모서리가 어둠을 잘라 냅니다
호두파이는 하루 종일 서 있고
녹차 찌꺼기는 어둠 속 키스입니다
눈 밝은 사람은 키스할 수 없어서 들어가지 못합니다
입과 눈만 크게 자라난 철제 벽장과 선반들

그곳엔 아무것도 없습니다
관계자는 없습니다
폴 바셋, 언더그라운드, 줄리언 오피, 시간을 잠재우는
노끈 뭉치만 걸려 있습니다
관계자들은 줄을 서서 매혹의 향기를 기다립니다

나와 관계없는 일에
나는 관여하고 싶습니다

\>

숨어 있는 꿈은 여덟 시간 혼자입니다
다리 아픈 관계자는 갈 길이 먼 통로를 따라
중얼거리며 숨어듭니다 오래전
출입 금지된 방에서 태어난 사람이 오늘은
출입 금지된 방 밖에서 기웃거립니다
지나가다가 궁금해서 문을 두드려 봅니다
다 알고 있는 것처럼

들어가기 힘든 문에는 언제나 동 파이프의 뿌리 같은
붉고 단단한 글자로 새겨져 있습니다
Staff Only
손잡이가 굵은 문에서 누군가 암호를 대라고 합니다
나의 패스워드는 드림 027

나무 그늘 아래서 다섯 번 고쳐 봅니다
스태프는 꿈을 까먹었습니다
숨어 있는 꿈이라고 읽지 않겠습니다

날짜 밖의 요일

너는 다음에 만날 약속을 할 때
언제나 요일부터 묻는다
무슨 요일에 만날까

날짜보다 요일이 생의 중심으로 먼저 걸어 들어온다
날짜는 편견과 선입견으로 가득한 엉겅퀴 그물망
빠져나가야만 하는 다섯 줄의 줄넘기
태양과 바다와 대지가 있어서 너는 요일을 먼저 쓴다
목성과 토성을 불러 본 적이 있기에
나는 눈부신 요일로 행성의 시간을 대답해 준다

째깍째깍 사라지는 소리의 뼈를 만지며
수요일에 걸어 놓은 코르크판의 압정을 뺀다
조금 전에 흘러나온 음악은 어느 곳으로 날아갔나
전등을 끄면 조금 전의 불빛은 어디에 가 있는 건가
어제 아침 햇빛은 어느 계단에 어둠으로 접혀 있나

모든 날들은 사라졌다고 말한다
너는 일곱 개의 행성을 공중에 걸어 놓고
당신은 무엇에 흔들립니까? 질문한 적이 있다

>

날짜보다 더 오래 살고 있는 요일에 대해서

불덩어리가 되어 우주를 떠도는 별에 대해서

아직 발음하지 않은 요일에 더 흔들린다고

나는 화요일이라고 먼저 쓰고

7월 26일이라고 뒤에 쓴다

일요일을 먼저 쓰고 수많은 날들을 뒤에 쓴다

라 퀸타

입속을 건너온 말들이 창문에 붙어 있다
이제는 문어체로 말해야겠다
비에 젖은 ㄴ과 ㄹ
암갈색 커튼이 바람을 분절시키고
수면 마스크를 내 이마 위에 올려놓는다

잠들 수 있겠다
낯선 방향제 아래서

스탠드 불빛, 꽃들의 표지를 열어 놓고 너의 발성을 듣는다 라 퀸타, 접어 놓았던 절벽, 말아 두었던 수평선, 방음벽 아래서 더 투명해지는 어둠의 은유를, 듣는다 밀폐된 방에서

프런트에서 전화는 오지 않았다
별 모양의 비타민은 일주일 치만 가져왔다
침대의 등뼈를 들어 올리자 언덕 아래
바닷가로 미끄러져 내려간다

하루 종일 해머로 허공을 두드리는

미술관 앞의 키 큰 남자
머리에서 손바닥으로 느린 타격을 가하는 동안
다섯 대의 자전거가 버려진다

푸른 동굴 속에 갇혀 있던 새끼발가락 발톱이
반이나 무너졌다
수달을 닮은 신발 속의 포유동물들

발전소가 있던 주택가 녹슨 저녁이
화장실만 남겨 놓고 불을 끌 때
너는 나에게 문자를 보낸다
라 퀸타, 붉은 꽃잎이 자주색으로 옮겨 가는 동안
가방은 놓고 가겠다고
누군가가 읽어 보라고
꽃잎 표지의 책은 놓고 간다

조치원

두 명의 당신이 서 있습니다 오후 두 시와 14:00시 사이에는

복숭아나무는 숨을 멈추고 바람은 우회전으로
면회 시간보다 짧게 꽃을 데우는 햇살
오늘 두 시는 과수원이 됩니다

중세기에서 날아온 암갈색 도토리 몇 알
새들이 과거를 입에 물고 광장을 날아갑니다
암호를 해독하지 못하는 늙은 당신이
귀가 대신 귀대하던 풀잎색 모자 아래서
키를 낮추고 적막해집니다

오후 두 시의 시침은 짧고 14:00시의 시침은 아득합니다

위병소의 거울이 태양을 향해 빛을 쏘아 올리고
대합실 유리 벽에 사선으로 몸을 부딪치는 은빛 비둘기 떼
카프카는 오후 두 시에 퇴근해 잠들도록 글을 썼다는데
14:00시는 낮잠을 자고 있는 겁니까

피는 꽃과 지는 꽃 밖에서 기침을 하는 당신

아득한 확실, 이 시계를 봅니다
일요일이 눈을 깜박입니다 무거운 구두를 신고

서쪽으로만 질주하던 군용차 한 대가
잠시 문을 열고 수밀도가 보이는 공중에 물을 뿌리는

오후 두 시는 문밖에 있고 14:00시는 보초를 서며
직립으로 슬픔을 피해 갑니다

창백한 푸른 점

바람이 사흘 동안 서북쪽으로 불고 있다
비스킷처럼 부서지는 햇빛의 분말
고요가 말줄임표를 찍으며 낮게 가라앉는다

권태는 시간이 나에게 가하는 복수
어둠에 핀을 꽂으며 다가오는
새와 물고기는 같은 종種이라고 말하는 너에게
나는 물고기가 되어 거실에서 베란다로 유영한다

보이저 1호가 보내온 사진*

숲으로 가는 길에 뿌린 빵가루가 까맣게 변색되고
유통기한을 지키려던 통조림이
진공으로 불룩해진 날짜를 들이민다
십 리터의 물을 마시려고 무릎을 꿇고 입을 벌린 나를
믿고 싶지 않다
두 가지 기억이 이어지지 않아 더듬거리는 혀의 갈증
의미 없이 리듬만 타는 문장들
백 페이지의 악보가 티끌로 사라지는 날들의 후기

간식으로 챙겨 넣은 석류즙을 종점에 와서 마시고

이어폰을 돌돌 말아 주머니에 넣으면
소리 내지 못한 두 눈이 모자이크 뒤에 숨는다

가끔 국제 어두운 밤하늘 협회에서 보내오는
섬 한 채를 띄우고 길을 잃은 일행은 불을 밝힌다
꽃의 노래는 많으니 따가운 가시의 노래를 부르자고
새가 종잇장처럼 떨어지는 명왕성 사진의 뒷면
꽃의 역사는 쉬우니 어려운 뿌리로 얘기하자고

보이저 1호가 비가 온다고 말하면

창밖을 내다볼 것이다
눈물 한 방울 눈썹에 매달고 창문을 기웃거리는
푸른 나비들의 더듬이

죽은 사람도 바람결에 머리칼을 날리는 구름 아래
내가 소홀히 보낸 하루하루가 꽃잎으로 물들다가
흡묵지 아래서 순해진다
창백하게 파랗게 혹은 까맣게

* 칼 세이건Carl Sagan, 『Pale Blue Dot』.

햇빛 소리

햇빛이 유리를 통과할 때
거미줄 치는 소리가 들린다

피아노 건반이 여든여덟 개밖에 없어서
빛의 소리는 들려줄 수 없다는 말을

그가 왼발 안쪽 발꿈치로 감아 찬 공이
백 개의 포물선을 그리며 날아갈 때
칸딘스키의 추상화를 보는 것 같다는
그 말을

나는 오늘 세 번 고쳐 썼다
일요일 정오 태양의 냄새에 대해서도
기껏 쉼표를 넣었다가 다시 빼 버리는 일,

그늘 아래 차가운 언어를 흔드니
마음의 물집이 눈을 크게 뜬다
모래언덕에서 비탈진 그늘이 직각으로 기운다

너와 내가 같은 시간에 꽃!

하고 외치면
우주가 터질 것 같아
햇빛이 비자나무 사이로 들어갈 때
산유자나무는 톱니를 키우고

'좌상 귀에서 흑이 준동할 수 있는 침착한 호착'이라고
바둑 두는 남자는 말한다
햇빛 소리는 탁, 탁 아니면 똑, 똑
바둑알이 비자나무에 얹히는 동안
물방울 소리 가득

나무였던 기억으로 시간이 인중에 걸려 있다

너와 나 사이에 흐르고 있는
일인칭과 이인칭의 중간
그 어디쯤에 햇빛이 지평선을 긋고 지나간다

살구나무 아래서 대낮을 쓸어 담는 그림자 소리가 길다

야상 점퍼

카키는 잉여의 색깔일까
초록으로 물들다가 빠져나온 시간들이
엉겅퀴 들판 가득 잠입해 있다
카키는 중무장할 수 있는 나무들의 기회

어깨에는 견장을 달고
팔꿈치에는 가죽 한 겹을 덧댔다
바람이 긴 행렬에 맞춰 차갑게 포복하고
가파른 언덕을 오른다
카키는 흙먼지의 색, 모래의 색, 바다의 색

나도 야상을 입었으니 덩케르크에 갈 수 있겠다
개망초꽃을 가슴과 모자에 꽂고
줄사다리로 상승하는 핵소 고지에 도착할 수 있겠다
주머니 가득 하얀 서류를 찔러 넣고
태양을 향해 경례를 붙여 볼까

이 세상에 나쁜 날씨는 없는 거야
옷을 잘못 입었을 뿐이지
이 세상에 불편한 옷은 없는 거야

주머니가 두 개밖에 달리지 않았을 뿐이지

가슴과 등에 은빛 지퍼를 달고
모래와 화염과 눈송이를 운반해도 좋을 새벽
헬리콥터는 프로펠러의 각도로 펄럭거리고
나는 시베리안 허스키의 귀를 빌려
세상 너머의 소식을 들을 수 있겠다
보조 주머니에 먹이를 가득 장전하고
되돌아오는 줄을 당길 수 있다면

카키는 키가 크는 색깔
시인이 되려다가 조종사가 된 한 남자가
야상을 입고 사막을 건너며
매일 하늘에서 내려다본 지도를 들려준다
구름과 별을 지상에 적재하며
우리는 점퍼를 입고 어디든지 갈 수 있다고
야성으로 말한다

아홉 개의 주머니에서 쏟아지는
들꽃의 모래빛 이야기들

오로라 지수

종이컵이 얼어붙어야 한다
광각렌즈에 지문을 남기고
발목 복숭아뼈는 밤 열한 시를 건너가야 한다

백설이 보랏빛으로 신호를 보내는 동안
고요가 턱에 힘을 주고
여우의 불빛을 따라갔던가
구름을 피해 몸을 휘는 침엽수들

하늘에 있어도 없는 것,
호수에 뜨지 않아도 어딘가에 있는 것,

들개들이 하울링, 울음을 풀어놓는다
입김을 뿜으며 검은 산맥을 날아가는 자객의
초록빛 휘장
시베리안 허스키들은 잠자던 귀를 세우고
털이 빠지도록 밤을 향해 썰매를 끈다
땀 같은 눈물이다

오늘은 볼 수 있나요?

내가 볼 수 있는 통증은 가시광선의 변두리뿐

여우의 노래를 찾아가는 길
나는 홀린 듯 불빛의 꼬리에 매달려 있다

더 어두워야 한다 잠들 수 없도록

더 바람이 불어야 한다
하늘을 베낄 때까지

푸른 옷소매의 환상곡

손목시계가 감고 있는 푸른 동맥 가까이
검은 별이 지나가는 셔츠의 소맷부리가 있지
엉겅퀴를 따라 눈물이 흘러가는 저수지가 있지

그가 자꾸 옷소매로 얼굴을 훔친다

눈물을 닦을 수 있는 몸의 이파리들
두 눈을 가릴 수 있는 복사뼈의 꽃잎들
축축한 손목 끝 절벽에 눈물의 알이 슨다

하얀 셔츠 소매에 얼굴을 파묻고 올려다본 하늘이
캄캄한 책상으로 내려올 때가 있지
맨살의 창문이 미래를 번안할 때까지

그는 소매 끝에 단추를 달고 단추 구멍을 만든다

흘러야 하니까 고여야 하니까
풀리지 않아야 오래가는 전설처럼

몸 밖 심장을 받치고 있는

빳빳한 커프스의 벼랑에
슬픔을 잠글 수 있는 두 개의 보석을 붙인다

눈썹까지 올라가는 그의 오른쪽 어깨에서
펴지지 않는 주름이 겨울비처럼 내리고

보이지 않는 얼룩이 매일 자라나
팔꿈치로는 닦을 수 없어
악수를 할 때마다 손가락을 빠져나가는

얼어 죽지 않는 북극의 물고기 눈물

머리칼의 행방

겨울잠을 자는 동물을 닮아 간다

밤새 기어 들어가 베개 밑에 숨어 있다
슬픈 곤충이 되어 긴 목을 빼고 있다
짚신벌레의 다리를 모두 잘라 버리고
휘어진 허리, 꼬리를 들고 엎드려 있는
머리칼은 무거워서 언제나 바닥으로 침잠한다

한 여자의 밤을 발설하고 있다

장롱 뒤쪽에서
꿈틀꿈틀 천장에서 바닥까지
실을 뽑아내고 있다 수만 가닥의
검은 뼈와 검은 피로
문틈 사이에서 목을 감고 누워 있다

자를 수 없는 단면을
볼 수 없는 머리털의 내부를
꿈꾸는 코끼리 등에 떨어진 운석을
손가락으로 쓸어 올리며

머리 위의 풀밭을 키우는 벙커

첫발을 내려놓는다
어깨에 안장을 올려놓고
정전기보다 세게 달라붙는 미기록종의 꽃잎이 된다
출렁이거나 찰랑이거나
물의 소리를 갖고 있는 머리칼의 파도
비의 숨결로 흘러내리는 검은 비늘이 그러했듯

밤새 키가 자라서 발끝 해안까지 밀려가 닿는
밟히고 잘리고 구부러지고 비명을 지르는
햇볕 아래서 누렇게 타들어 가는
슬픈 볏짚의 냄새
끝내 발화하지 못하고 목이 감긴 채
철사처럼 녹슬어 가는
암회색 성채의 비밀문서를 감추고 있다

제2부 빗방울 들다

컵

컵은 오른손입니다. 하얀 심장입니다. 붉은 넥타이입니다. 컵은 가슴 위에서 날아다니는 방패입니다. 오후 한 시의 우유를 담고 허공을 질주하는 오피스텔입니다. 수유 시간을 넘긴 여자의 가슴에서 흘러나오는 카푸치노입니다. 정오가 풀어지는 시간, 허리춤에 영양제를 달고 젖 먹이러 달려가는 덕수궁 입구입니다. 왼손에 그랑데 횃불을 들고 수없이 넘어지는 마이크 행렬입니다. 평형을 못 잡고 레이더망에 걸려 단춧구멍 속으로 숨어 버리는 갈색 골목입니다.

컵 아래 식탁이 있고 불어 터진 모유가 있고 서른 살의 남자가 있고 스물아홉 살의 여자가 있습니다. 꼬르륵 소리 나는 마그리트의 미술관이 있습니다. 컵은 햇살을 막아 주며 하얀 차양을 팔랑이며 나비의 입술로 홀짝입니다. 마르지 않는 샘물입니다. 소나기입니다. 코끼리가 딛고 일어서는 한 움큼의 땅입니다. 깊은 절벽을 갖고 있는 목구멍으로 컵은 넘어갑니다. 컵은 사라진 쓸개입니다. 컵이 없으면 아무 말도 나오지 않습니다.

음악의 바깥

악기점에서 트럼펫을 팔고
돌아 나오는 아침
너의 입술은 시들어 가고
출입구의 바람은 직각으로 멈춰 선다

비가 오고 있어서
안경에 나비가 날아와 앉아서
손등은 허공의 난간 쪽으로 뒤돌아본다

마지막 한 번
밤하늘을 연주할 수 있을까
리토르넬로,
공복과 포만이 교차하는
악기점 주인은 우산을 펴 준다

너 자신과 싸워서 매번 항복하는 너는
강한 사람

네가 딛고 있는 것은 육지가 아닌
바다 위 반짝이는 과거와 미래

한 번도 땅을 밟아 보지 못한 구명보트처럼
너의 입술은 불안하다

트럼펫이 자기 집으로 들어갈 때
눈꺼풀을 닫는 음악
구석에 서 있는 악기 상자가 갈색 잠옷을 입고
바깥 풍경을 바라본다

너의 손가락은 무디어 가고
길거리에 서서 나비와 악사를 기다리는
리토르넬로,
봄과 가을 사이에는
언제나 기억과 기억이 반복해서
끼어든다

미슐랭을 위하여

생선이 도착하지 않아 자살했다는 요리사 바텔에게 이 목
록을 보냅니다

갈비탕 신선로 삼계탕 순두부찌개 훈제오리 어복쟁반 팟
타이 만두국 냄비우동 짬뽕 감자탕 주먹밥 타코야키 쌈밥
정식 피자 딤섬 탄두리치킨 샌드위치 장어초밥 시리얼 양념
갈비 삼각김밥 팔보채 훈제연어덮밥 돼지불고기 라자냐 컵
라면 떡볶이 리소토 돼지갈비 우동 양갈비구이 멍게비빔밥
구절판 삼선짜장 바지락칼국수 까르보나라파스타 분짜 복
매운탕 오향장육 봉골레파스타 베트남쌀국수 우거지갈비
탕 햄버거 청국장 토스트 김치볶음밥 뚝배기불고기 자반구
이정식 깐풍기 갈비만두 간장게장 콩비지찌개 라볶이 라면
유린기 순대 북엇국 닭가슴살샐러드 갈비찜 잔치국수 육사
시미 김떡순 우거지해장국 비빔밥 수제비 탕수육 떡국 닭
갈비 샤부샤부 프라이드치킨 닭볶음탕 곱창 아귀찜 볶음밥
참치회 부대찌개 대구탕 탕평채 설렁탕 칼국수 장어덮밥 돈
가스 생선구이정식 고르곤졸라피자 호떡 생태찌개 고추잡
채 된장찌개 양념치킨 태국쌀국수 한정식 오징어볶음 어탕
국수 어죽 규동 미역국 안동찜닭 추어탕 스테이크 가브리살
도가니탕 스키야키 케밥 그라탱 게살크림스파게티 해물탕

짬짜면 알탕 청진동해장국 전복죽 소불고기 평양냉면 제육
볶음 낙지볶음 복지리 칠리새우 양꼬치 오므라이스 장충동
족발 쫄면 파에야 감바스 갈매기살 콩나물해장국 돌솥밥 삼
겹살 깐쇼새우 버섯칼국수 울면 김치찌개 닭한마리 항정살
북경오리 닭죽 피시앤칩스 연어샐러드 메밀소바 햄버그스
테이크 간짜장 굴짬뽕 육개장 선지국밥 서더리탕 유부초밥
잡채밥 훠궈 월남쌈 갈치조림정식 주꾸미볶음 해산물스파
게티 족발 함흥냉면 제주갈치정식 나가사키짬뽕 유산슬 해
파리냉채 산채정식 짜장면 조개탕 잣죽 시카고피자 황태구
이백반 도미탕수백반⋯⋯

발레 동작으로 음식을 나르는 '퍼세' 식당 종업원들에게
도 오늘 점심 저녁 메뉴의 온도를 보냅니다

터미널 2

내가 터미널을 데리고 다녔다
발에 바퀴가 생길 때까지
터미널을 끌고 다니다가

박쥐처럼 매달려 어둠 속 깊이 뛰고 있는 심장
불빛 반짝이는 원경만 보이면 다 도착했다고 믿었다

국경 너머에서는 모든 것이 용서되고
졸린 얼굴만 보여 주면 통과되었다
죽은 사람도 나타났다가
버스에 리본을 달고 떠나고
살아 있는 사람은 트렁크 안에서 신호를 보냈다

나는 꽃을 안고 떠나가는 사람만 기다렸나 보다

언제나 연착되는 빌뉴스의 바람
매일 밤 버스 노선의 저인망을 휘저으며
빗물의 그물망을 뚫고 전조등을 밝혔다

터미널이 차가운 철망 의자에 나를 앉히고 잠들곤 했다

끝까지 가 보려고 종착역
맨 마지막 페이지를 앞에 붙여 놓았다

터미널은 가쁜 숨을 내쉬며 나를 따라왔다
푸른 바퀴를 달고 사람들은 터미널을 싣고 떠났다
터미널을 잃어버린 사람은
물 빠진 어항처럼 홀쭉한 얼굴로 슬펐다

난조인에 갔었다

난조인에 가자고 했다. 왕복 티켓을 끊은 것은 다시 돌아올 겨울이 있기 때문.

삼나무 언덕을 내려와 바닷가를 달리다가 나는 볼펜으로 발바닥 티눈을 뽑았다. 티눈에서 흑연 냄새가 났다. 옥수수처럼 숨어 있는 알갱이를, 뿌리 뽑히지 않는 몸속 중얼거림을, 오후 내내 기차는 레일로 연주했다.

내가 남장원에 갔다 온 봄을 잊었나 보다. 남장원에서 본 꽃을 지웠나 보다. 금빛 와불 발바닥에 눈을 맞추고 수국이 문 여는 소리를 듣는 동안 가시 바늘 문양의 물고기들이 하늘을 향해 긴 잠을 자고 있었다. 바고의 와불에서 글자들이 기어 나와 베개 밑으로 누웠다.

내 발바닥은 햇빛을 흡착하고 둥글게 말아 올라 수면 위 아치가 되었다. 백여덟 개의 화살이 다리를 건너갔다. 내가 남장원에 갔다 온 것은 난조인에 갔었다는 말. 입장권에 구멍이 뚫려 있었다. 그걸 모르고 난조인에 또 갔었다. 오른손을 오른쪽 머리에 받치고 대리석 바닥에 누워 왼쪽에서 불어오는 바람을 잊었다.

\>

하늘 한 번 바라본 적 없는 바간 쉐딸라웅 발바닥에 금빛
주물을 붓고 옥수수 알갱이와 티눈을 밀어 올렸다. 전각 칼
에서는 새의 울음소리가 들리고 바람은 맨발로 낭하를 걸
어갔다. 고체가 된 바람이 벽을 세울 때까지 남은 삼 개월
을 헤아렸다.

눈물과 목포 사이

여자의 은빛 배꼽을 누른다
옴파로스,
눈물이 뚝뚝 눈 속에 갇힌다

바다를 바라보고 있는 언덕의 오른쪽 허리
물빛 스위치를 누른다
목포가 폭포처럼 쏟아진다

백 년 전 여자의 여름이 비음으로
비릿하게 바다로 흘러가는
하얀 종아리가 물고기 소리를 내며 자맥질하는
여자는 오프 비트로 노래하고
죽은 후의 저녁이 죽음 속에서 주술을 들려준다
음악이 끝난 후에야 소나무 아래 숨죽인 무덤이 자라고
푸른빛으로 떠내려가는 허공이 멈춘다

엄마는 내게 나이를 심어 주는 사람
맨발로 걸어가는 오후를 간직하고
항구와 가시를 보며 목청을 잃어버린 사람

>
삼학도와 삼전도 사이로 소낙비가 주룩주룩
코와 미간 사이 수줍은 여자의 눈을 본다

목포는 항구가 기댈 수 있는 두꺼운 어둠의 등뼈
샛별이 다른 나라로 돌아가는 길목
쓸어 올리는 손가락 사이로 귀가 먹먹해지는
저녁의 노랫말이 울고 간다

엄마의 쭈글쭈글한 배꼽을 문지른다
옴파로스는 없고
중심도 없다
나는 배꼽에 얼굴을 묻고
편백나무의 뼈아픈 집으로 들어간다

조슈아 나무 아래 감자

차가운 두 발을 남자의 가슴뼈에 대고
죽어 간 여자의 체온부터 얘기할까
백야가 기웃거리는 저녁에 흐르는 음표들
검은 감자를 머리에 이고 걸어가는
켈트족의 그림자 연극부터 열어 볼까

황무지는 네가 저지르지 않은 가난의 색깔

박스를 깔고 앉은키를 높여도
붉은 일요일을 부르며 등장하는 남자들이
보이지 않아
고척의 키는 낮아서 나무는 뿌리만 내리지

컬러링에 저장해 둔 음성이 붉은 나무 아래서
아우토반을 타고 달려갈 때

별이 없는 일곱 시는 감자를 삶고 있다
위를 비운 사막이 뜨거운 김을 내뿜으며
식물성이 동물성으로 숙성하는 시간
공복은 하얗게 이마를 짚는다

\>

나도 서쪽으로, 대륙의 끝으로 걸어갈까
시간을 밀며 기억을 당기며
그림자 연극의 조종자가 되어
조슈아 나무 아래 레드 자갈색 배경을 베고
나의 언 발을 허공에 묻어 볼까

노을은 수만 가닥의 효소로 번져 나가고
어제의 날씨부터 이야기는 시작된다
악기가 먼저 울고
등이 먼저 흐느끼고
플루트 전주는 그림자를 따라
감자가 익는 방으로 건너간다

흩날리는 머리칼만 현실일 뿐
내일은 어떤 배를 타고 떠나야 하나
뼈만 남은 동상들이 강물을 부여잡는다

손님

어깨에 매달려 있는 백팩보다
내가 더 가벼웠지요

바스쿠다가마가 항해를 시작했다는
발견의 광장에서
나는 몸무게를 잃어버렸어요

비틀거리거나 하강뿐인 계단, 갑자기 세상에 맞지 않는
몸무게도 있다는 것을 저녁 안개가 무중력으로 다가와 중
얼거렸어요 내가 없어지는 꿈, 내 흔적을 문지르고 있을 그
악당들을 찾아가 플래시를 비추고 싶었어요 그곳이 아니라
는 것을 알면서도 다시 가 보며 말을 더듬는 일

물오리가 찍고 간 잔디밭을 열어 보는 초록과 암흑

슬픈 일인데 눈물은 숨어 버리고 집 생각만 했어요

이제 잃어버리기 위해 가방을 거꾸로 메고 하늘을 날아
갈 거예요
바스쿠다가마의 왕관을 바라보는 동안
손님이 다녀가셨네요

오전 10시 30분

책갈피에 끼울 수 없는
젖은 나무들

제자리에 그대로 있으려고
편백나무는 희어질 때까지 힘껏 달린다

저희들끼리 서로 마주친 줄 아는지 모르는지
바람에 스쳐 지나가는 눈썹, 코, 입, 이파리
겹겹이 포개져 그늘을 놓고 간다

햇빛의 해먹에 누워 있는 초록의 알몸들
N극에서 S극으로 뒤척이고

발이 빠져 있는 풍경은 한곳에서
같은 무게로 자란다

모랫빛 마들렌 쿠키를 녹차에 적시는
오백 페이지의 시간

* 알렉스 카츠Alex Katz, 〈10:30 AM〉.

빵

빵 속에 들어 있는 빵
그 속으로 들어갑니다
갈라지는 빵 속에서 줄기를 붙잡고 있는 빵
그 기둥을 붙잡습니다
아지랑이를 피워 올리는 빵
숨 쉬는 빵 속에서 졸고 있는 빵
배고픈 빵 밑에서 눈물을 흡수하는 빵
빵 속에서 우는 빵
그 속으로 들어가 지우개처럼 지워집니다

숨소리가 들리고 오븐 옆에서 육식을 닮아 가는
부풀고 발효되고 식물성의 향기를 발동하는
나도 빵 터져 빵꽃으로 날아갑니다

빵 너머에 빵이 있습니다
근처에 바다가 있습니다
빵 그물 속에 체포를 기다리는 개미가 있습니다
너머에 어머니가 있습니다

네루다의 레시피로 먹습니다

이십 년의 기한으로 뜯습니다
마리 앙투아네트의 포도주로 먹습니다
입속에서 녹여 먹습니다 장발장의 혀로

빵이 뛰쳐나옵니다 마그마처럼
빵은 주저앉습니다 불발된 폭죽처럼

빵이 내 안으로 들어와 이끼처럼 달라붙습니다
물을 마시면 부풀어 오릅니다
나는 거품이 됩니다 방울방울
나는 다시 부서지고 발효됩니다

빗방울 들다

우산 밖에서 듣던 빗소리의 울음은
우산 속에서 더 크게 들린다

누군가에게 쫓겨 망명한 로툰다 기둥 아래서
나를 호명하는 소리는 뾰족부리새의 눈보다 날카롭다

비 때문에 이륙하지 못한 소식은 없었지만
피어나지 못하고 흘러내리는 화약의 물관부를 타고
가장 안전한 추락을 꿈꾸는 물방울의 착지점

허공에서 헤매다 피워 내는 수국의 수막 위로
낡은 영화의 잡음과 균열은 짙어진다

터널처럼 외로웠다는 말은 이제 지나간 이야기
셰프의 발걸음으로 수직의 벽을 세우는 빛 망울들
내게 남은 진실은 내가 자주 울었다는 말
그것도 지금은 다 지워진 이야기

빗방울 사이로 생각나는 사람이 스쳐 갔다면
나는 그 사람을 통과해 가고 있는 중이라고 믿는다

>
원형의 천장에서 지하까지 비의 쇠창살 꽂히고
습도 높은 자물쇠는 열리지 않고
나는 날아갈 수 있다고 창을 쪼는 새를 닮아 간다

너의 심장 박동 소리는 내 등 뒤에서 더 크게 뛰고
여름비는 우산 속에서 더 세차게 내린다
찔레꽃 붉은 그림자가 지붕 안으로 들고 있는

홀리스 영등포

타임스퀘어는 둥글게 기둥을 세우고 있습니다.

　나는 미리 도착했는데, 저녁 여섯 시인데, 사각형의 광장은 각을 잃은 원형이 되었습니다. 지하에 묻혀 있는 포구는 비밀투성이, 늦게 온 당신은 검은 잉크가 가리키는 역사驛舍 쪽으로 출구를 바꿉니다. 새벽과 밤을 끌고 다니던 아버지가 손톱이 물드는 동안 발명해 낸 도시, 지도는 찾지 못했습니다. 낯선 이와 느리고 긴 춤을 추다가 책갈피에 끼워 놓지 못한 시간을 기역 자형 횡단보도에 흘려보내고 아버지는 나를 닮아 갑니다. 홀리스,

　영등포, 한 번 숨을 내려놓으면 과거가 파열하는 소리 작약을 피우는 밤바람 가득한 화요일마다 아픈 내장은 성스럽습니다.

　세상에서 가장 쉬운 일은 글을 쓰지 않는 것이라고 수상자가 말하는 동안 전광판이 물결처럼 번집니다. 포기할 수 없는 유월이 울컥, 책 한 권을 겨드랑이에 끼고 계단을 올라갑니다. 세상에서 가장 어려운 일을 찾아 멋진 신세계*로 들

어가는 저녁, 비 맞는 건물이 모서리를 문지르고 있습니다.

* 멋진 신세계: 올더스 헉슬리, 『Brave New World』.

눈사람
-S에게

오늘은 채소만 먹고 거울을 본다
오후는 홀쭉해졌다
턱선은 시간이 흐르면서 둥글게 변해 가는 걸까

내일은 무대에 오를 거야 울지 마, 안아 줄 수 있도록
사라질 걸 알면서도 목도리를 감아 주고 블루투스를 켠다
노래의 배후는 공기, 네가 사라질 때 가져가는 것은 공기

녹지 마, 나는 눈사람 부인
짧은 목숨은 깍지를 끼고 잎을 피우려고 한다

내 뒤에서 울고 있는 노래
슬플 때는 슬픈 음악을 만들 거야
무대에 오를 겨울날이 양말처럼 길다

내일까지 채소만 먹고 고향을 생각할 거야
추운 곳으로 가야만 일어설 수 있는 사람
그림자의 몸무게도 줄여야 해
북극행 기차를 타고 나는 너에게 다른 언어를 가르친다

\>

완전히 사라지지 않는 나라로 갈 거야
나는 미시즈 스노우 맨
죽을 때까지 얼어붙자, 태양을 겁내지 않듯
마이크를 겁내지 말고

너는 잎 떨군 서울숲에 앉아
영하의 수은계를 녹이며
비음으로 너를 부른다

무대는 한 발짝씩 가까워진다

니체의 나체

맨발은 워커 소리보다 단단하게 바닥을 구른다
상체는 투구를 닮아 쇳소리가 난다
향수 한 방울만 귓불에 뿌리고
트렁크와 거들은 벗어 버리고 행진하는
남자, 여자, 남자, 여자들
벗은 몸의 수수께끼를 굉음 속에서 푼다

걷는다 선다 돌아간다 서로 마주 본다 부딪친다

흔들리는 가슴과 생식기는 스트로보 조명 아래서
순간 태어나고 소멸하고 잘려 나가고 붙여진다
옷 속에는 비극처럼 여겨지는 세상이 있다
뒤틀리고 굽어진 목덜미가 겨드랑이에 걸려 있다
두 팔과 다리는 진화하지 않고 기본 동작으로 서서
나는 남자다 나는 여자다 나는 사람이다 말한다

떤다 흔든다 눕는다 엎드린다 뒹군다 일어선다

사자 머리의 여자가 어깨로 울고 발끝으로 웃고
대퇴부로 저항하다 라임 불빛 아래서 노려보고 있다

승모근을 보이고 경계의 끝까지 슬픈 목젖을 튕기며
춤을 추는 아비뇽의 남자, 여자, 남자, 여자

흐느낀다 운다 안는다 침묵한다 사라진다

이중 삼중으로 옷을 껴입고 있는 군중 앞에서
숨 막히는 나신의 땀방울들이 피어오른다
벗은 몸에서 울음소리 떨어져 나온다

12월의 클리셰

편백나무 단상 위에 마젠타빛 입술의 여자가 겨울새처럼 앉아 있었다 마이크를 잡고 수줍게 심사평을 고백했다 예년에 비해 상당히 수준이 높아졌어요 가늠하기 힘들었지만 생의 본질과 현실 문제에 천착한 작품에 점수를 더 주었어요

아버지를 연주하고 어머니를 부러뜨린 A4 용지가 바닷속으로 떨어졌다 번개가 한 번 칠 때 서울을 다 볼 수 있는 것처럼 밤에 눈이 내렸다 어느 날 이백 년 동안 잠자던 사람이 아침에 일어나 눈을 뜨고 바라보는 창밖의 아침, 그 놀라움으로 세상을 바라보라고 마젠타 여자는 다음 해를 기약했다

햇살 공부는 흐린 날 더 열심히 했다 24일은 안 되고 31일은 더 힘들었다 23일에 택배가 오고 30일에 등기우편이 왔다 옛날이 현재가 되고 기억이 낯설어 했다

화장실에서도 내일의 날씨가 들렸다 귀걸이만 보이는 캐스터의 대설주의보를 믿고 화장실 문을 잠갔다 이름표를 매단 트렁크는 변기 위에 앉아 터질 듯 부풀어 올랐다 수하물 칸에 떨어진 접착 태그가 타일 바닥에서 밟혔다 금속 탐지기가 내 방문에 걸려 있었다

>

티브이에 비친 에페소스의 원형극장에서 한국 시인들이 송년회 시 낭송을 마치고 돌아가는 꿈을 꾸었다 가끔 원형에 사무쳤다

아파트 지하 하수도에서 실폭포 흐르는 소리가 들렸다 3월부터 불어온 바람이 새어 나가고 방충망에 걸려 있던 모기들이 하수도로 흐르다 얼어붙었다 그리움이라는 퇴행적 생물이 얼음 밑에서 갈라지고 물은 서로 놓치지 않으려고 깍지를 꼈다

사슴이 되어 죽은 적도 있고 새가 되어 죽은 적도 있는 남자가 눈밭을 걸어갔다

제3부 이마의 환유

그 후로도 오랫동안

종로 빌딩 입구,

「1948년 5월 17일 정초定礎」

햇볕이 덥혀 주는 주춧돌의 연도를

백 번을 반복하며
너를 기다린다
혀가 기억한다

그때 나는 마이너스 열 살

나는 오늘부터 십 년은 더 기다리겠다

터미널 3

네 번 결심했던
유리창의 글자를 지우는 동안
겨울이 간다

나는 더 약자가 되어야 한다,
내 머리칼에도 온도가 있다,
라고 식빵을 커피에 적시는 동안
백 번째 수업이 끝나 간다

시간은 그곳에 가 닿는 것이 아니라
이곳에 와 기다리는 것이라고
대낮에 오는 것이 아니라
어둠이 익어 가는 등 뒤에서 떠나는 것이라고
시에 감염된 남자가 쫓아와 막차를 붙잡는다

베이글에서 치즈크림을 빼 보세요
티바나에 꿀을 넣지 마세요
아디다스 삼색 선에서 줄 하나를 지워 보세요
시가 잘 써지지 않는다고 버스표를 바꾼다

>

저녁에 도착한 러시안들이 담배를 피우고 서 있다

당신은 형식주의자를 좋아합니까? 물어볼 뻔 했다

낯이 익은 여자가 다가와 나의 직업을 묻는다

결항과 결행 사이에서 바다 쪽으로 노선을 바꾼다

버스와 기차를 동시에 기다리는

그 남자의 모호성은 정확해

그 남자의 난해한 시는 읽을수록 입체적이야

여름에 결심했던

가을의 서류를 보류하는 동안

겨울이 간다

사구砂丘

모래에 옷을 입히고 바람은 따뜻해졌다

모래는 개체 수가 줄지 않는 시간의 입자들
해안으로 밀려와서 부딪히는 패각류의
부드러워진 충격의 간극을 문질러 봤다

당신의 가방 속에서 일곱 번 나왔다가 파묻힌
신두리의 모래언덕이 마지막 페이지까지 따라와 아팠다
아파서 울었다 또 울었다
해설사가 나눠 준 팸플릿을 들고
붉은배새매의 가슴을 살펴볼 동안
당신은 울음의 방법조차 가르쳐 주지 않고
바람에 베인 폐를 잘라 내어 마른 꽃잎처럼
바다의 갈피마다 가득 끼워 넣었다

잘려 나가는 것보다 더 크게 소리를 내는 공명은
푸르게 사라지는 허공의 분열
여름이 앉았다 간 그네만 텅 빈 시간을 왕복하고

모래는 아침저녁을 예각으로 기울어져 날아갔다

하루아침에 수직으로 일어서는 슬픔은 없다고

신두리에서 메르즈가까지 직립으로 서지 못하는
발 없는 모나드의 슬픔이 껍질을 벗고 벌판에 가득했다
참지 못할 비밀을 밝혀야 하는 전생의 척추가 있다는 듯
스멀스멀 어린 꽃게 몇 마리 등을 누설하며 햇빛 밖으
로 나갔다

모래는 밤새도록 허물을 벗고 미끄러지고
한 발자국, 한 발자국 뒤꿈치부터 파묻히는
미기록종의 양서류가 물방울을 튀기며 뒤따라갔다

가끔 낙타가 걸어가는 리듬에 맞춰 당신은 노래를 불렀다
사구에서 흘러내리는 시간이 껄끄러워
석양은 가시 없는 꽃을 피웠다
당신의 등 뒤로 홀쭉해진 바람이
휘파람을 불지 못하고 북쪽으로 기울고 있었다

벤치

나무였던 나무가 나무 아래 앉아
초속 5센티미터의 꽃잎을 맞고 있다

침대에서 빠져나온 줄기세포들
그래서 이 자리에 오면 졸음이 쏟아지는 걸까
잠이 덜 깬 얼굴로 아홉 시를 맞춘다

일어서기 위해 잠시 쉬었다가 가는
갈기 없는 동물의 등뼈 위
기억은 뼛속이어야만 부서지지 않는다
소파가 되지 못해 자꾸 튕겨 나가는 갈빗살의 무늬목

호루라기를 불던 남자가 왔다 간다. 뜨개질을 하던 여자
와 초콜릿 상자를 열어 보던 소년이 다녀간다. 밤이 내려
와 새벽을 열고 쿤데라를 읽던 소녀가 김밥 먹는 노인을 응
시한다. 십 년 동안 자기 앞의 생을 마킹하던 청년이 누웠
다 간다. 롱코트를 입고 코트를 향해 대기하던 열두 명은
다시 출발선에 엎드린다. 누군가 놓고 간 절망이 땅에서 연
두를 피운다.

\>

풍경의 배속이 느리게 감기다가 엉킨다

나무였던 나무는 나무로 돌아와
마음을 앉히려고 몸을 눕히려고
내일의 날씨와 문장을 바꾼다
목화송이 구름이거나 소소리바람이거나
먼저 도착했던 사람의 ㄴ자형 자세를 기록하면서

긴 의자에 매달려 있던 네 다리는 시소처럼 기울다가
넘어지지 않으려고 풀밭에서 길을 잃는다

이마의 환유

사과나무가 부풀어 오르는 칠월의 과수원에서 올려다본
한 뼘 하늘이다

오후 네 시가 지나간 얼굴의 적요한 공터
유리창에 머리칼을 대고 흘러내리는 차가운 로고스다

빗물로 꽃잎으로 처음 따뜻한 입술이 가 닿는 곳
겹백일홍이 피어나는 속눈썹 위로 여백이 필요해서
이마의 긴 주름 사이를 꽃그늘이 짚고 있다

감은 두 눈이 더 큰 소리로 울어야 할 때
관자놀이의 푸른 정맥 위로 환한 흉터를 남기고 지나가
는 슬픔
소스락소스락하게 식은땀이 맺혀 있는 갈라파고스거북이
전하는
가장 먼저 체온을 짚어 주는 가르마의 입구

일출의 바닷가에서 새벽보다 먼저 해안선을 뚫고 나타나는
기억의 둥근 표정이다
내가 안아 주지 못한 허공이 신열身熱로 밤을 지새울 때

네가 짚어 주는 손의 흔적이 남아 있는 비백
붉은 포유류의 입술이 모래의 결을 남기고 간 둥근 해안

천둥과 폭풍우로 흔들리는 나뭇잎의 어둠 아래서
환한 무늬로 출렁이는 한 잎의 문장이다

책상에 엎드려 낮 꿈을 꾸었을 때
입가를 스쳐 가는 개미 떼들이 한 채의 집을 짓는
허물고 다시 세우는
땀방울이 발원하는 산맥이다

체크를 보는 눈

그가 준 체크 남방을 입으며 나는 체크의 벽에 갇히게 되었다. 체크무늬에는 벽과 경계만 있을 뿐 돌아가는 길도 출구도 꽃도 나무도 없었다. 블록과 블록 사이 두드려도 열리지 않는 상자를 가슴과 등에 메고 나는 걸어 다녔다.

모서리에 부딪히고 직선에서 넘어지고 교차로에서 길을 잃어버리곤 했다. 직유밖에 없는 체크, 식탁에 앉아도 침대에 누워도 체크의 문은 열리지 않았다. 잘 구획된 도시의 5번 길에서 567번 길까지 버스 정류장도 가로등도 없는 길을 걷다가 멈추고 또 기다렸다. 붉은 담, 황토색 담 끝없는 금지의 영역을 넘어가려다가 떨어져서 뒹굴곤 했다.

혈관으로 이어질 것 같은 체크무늬 남방은 질기고 유연해서 불 켜진 창호지 문의 조도보다 선명하고 그림자도 짙었다. 히스꽃 스며드는 밤의 이층집이 수도원처럼 높아 보였다. 길이 있어서 그냥 걸어갔다가 길을 잃었다는 한국 여자는 이튿날이 되어서야 물안개에 젖어 수사대에 의해 발견되었다고 여행자는 말했다.

가시 옷의 체크 남방을 입고 나는 타탄족의 족장이 되어 표지판도 이정표도 없는 미로를 걸어 다녔다. 체크가 무너지면 동그라미가 되는 것도 아닌데 커브 길을 돌아 목적지에 가 닿는 것도 아닌데 나는 체크의 벽에 갇혀 푸른 새벽까지 사포로 길을 문질렀다. 보라색 허리춤에서 쇄골이 닿는 네 번째 문이 사라질 때까지.

동백나무, 그는

나는 이미 얼음 박힌 발가락 열 개를 가졌어요

오동나무로 된 칼을 쓰고
구름의 시선으로 두리번거리는
내 죄는 꽝꽝 얼어붙고
겨울비 회색으로 망치 소리 들리는 광장에서
산다화 입에 문 승냥이의 울음소리를 듣겠어요

가시울타리에 갇혀 천년을 무릎 꿇고 앉았던
한 남자의 욕창의 계절이 가면
나의 긴 혀를 포도씨처럼 잠재우고
당신의 긴 문장을 지우고
귀 맑은 고비의 햇살을 따라
당나귀의 등으로 걸어가겠어요
돌아보지 마세요

원추리꽃 몇 떨기 안고서
하늘 끝을 넘어가는 파도를 따라
아무리 찔러도 피가 나지 않는
동백나무가 되어 무죄라고 꽃을 피우겠어요

>

해 질 녘에 쓴 시는 빼 버리세요

아직 당도하지 않은 유월의 정수리는 뜯지 말고
당분간은 풀어지는 노을이 되어
얼음 박힌 발가락이 땅에서 새가 되는 아침
들개의 하얀 울음소리를 들어 보세요

뚝, 떨어지는 동백꽃이 허공으로 날아올라
아침으로 돌아올 때까지
오동나무 칼을 쓰고 있겠어요

모든 도시의 빛깔은 서울의 사본 같다

오전 없는 하루가 시작된다
아침은 늦은 밤 뒤쪽에 쓰다 만 악보로 묶여 있다

냉동고 같은 회색 대학 건물과 은색 호텔 건물 사이
구름의 손발이 빠져나가지 못하고
바람 속에 또 한 층의 누각을 올린다
사람들은 공중에서 내려오려고 하지 않는다
바닥이 어디인지 모른 채 하늘로만 길을 내는

어떤 생물도 한 번은 재(灰)였다고
한 남자가 구름공원에서 야생 양파꽃을 들고
검은 수염을 기르고 있다
허공에 발을 딛고 빨간 틸트에 기대어
지구에서 떨어지는 두려움의 찰나
내가 푹푹 빠지는 눈밭 위에서 붙잡고 있었던 손은
열다섯 시간의 비행 중에도 액정 가득 저장한 소리는
해동 후 갈변한 숙주나물이었다는 것을

모든 도시의 빛깔은 서울의 사본 같다
낮에는 사라졌다가 저녁이 되면 말승냥이처럼 나타나

낯선 방에서 웅크리고 앉아 울음소리를 낸다
내 안의 타인들은 혀를 내밀고
화장실까지 따라와 재채기를 하고

바다색을 감추고 있는 호수의 끝 박물관에서
누군가 나를 기다리고 있다고 믿는다
공룡은 오래 살아왔고
고흐는 일주일 후에 온다고 한다
바람의 도시에는 같은 이름의 지하철역이
두 개가 있다 서울처럼
반복되는 유사성, 동일성, 기시감

나도 재가 된 적이 있다
미술관 지하 계단을 돌아가며
동양의 작가가 설치한 아홉 개의 기둥 사이에서
어두운 현기증으로 과거를 잊은 적이 있다
양송이 수프를 육식인 양 삼키며
게으른 동물이 되려고 한다

침묵만이 바람에게 희망을 준다

겨울에는 왜 햇빛을 태양이라고 부를 수 없는지
그래서 나는 윈디 시티에서
'그리고 시카고'라고
바꿔 쓴다

내포, 메타포

숨어 있는 도시를 찾았다
내가 숨어 있었으니까

동쪽 같은 남쪽
가로로 누워 있는 벌판에서
버스 정류장이 측량기처럼 세로축을 알려 준다
지평선으로 이정표를 표시하고 있는
오후 두 시의 확실한 하늘

내륙의 색깔은 소의 오줌에서 추출했다는
인디언옐로가 맞다

태양만이 작열하는 진실이라고
도청 건물 유리창이 뜨거운 혀를 내밀고 있다
나는 그저 서류를 들고 서성이는 외지인

소문은 안에서 조용히 발효되고
음모는 밖에서 더 출렁인다

말수가 적은 도청 남자에게

나는 길게 질문하고
목이 긴 나의 백팩을 보고 그는 짧게 대답한다
내포는 그렇게 보여 준다

공개되지 않은 경력, 소음, 풍문
족보를 위해 살았던 한 사람의 신원을 확인하며
오래전 서류를 열람한다
빈칸이 많은 신청사는 이주자를 기다리고 있다
네 번째 이력서를 접수한다

포구는 서쪽에서 어른거리고
유리 돔 도서관은 사막으로 가야 한다
머그 컵과 유리컵 밑에서
자기소개서가 진한 명조체로 번진다

신도시 사람들은 집 밖으로 나오지 않는다
새로 조성한 공원에 꽃이 필 때까지
비가 올 때까지 낯선 냄새에 익숙해질 때까지

졸린 눈꺼풀 위로 투명하게 내려앉는 도시

어금니 안쪽에 답을 갖고 있는 도청 남자
나는 돌아서서 내포를 메타포로 중얼거리며

컨테이너로 지은 시외버스 터미널로 들어간다
오후 일곱 시가 되어야 응달이 생기는 곳

아픔의 종족은 안녕한가

나는 아스피린의 역사로 살아가는 사람. 안녕하다는 말, 늙는다는 말, 누웠다 일어나 다시 걸어 다니는 아픈 말씀의 뿔들. 굽은 뼈들이 약국의 출입문을 밀고 당기고 거위 털처럼 삐져나오던 통증이 어깨에 멈추어 있다. 쓴 약은 하루 종일 목에 걸려 있고 밟힌 목련 꽃잎이 요오드 용액으로 침을 흘리며 더 살아야 한다고 갈변한 일 년을 십 년을 찍어 낸다. 커다란 벌레의 집이 되어 가고 있는 안부의 문장들.

처방전 위에 놓인 초록색 캡슐이 햇볕의 귀퉁이를 눌러 주고 죽음은 자주 오전을 건너뛰거나 새벽을 두드리거나 밤을 데리고 발자국 없이 국경 없는 국경을 넘어간다. 아직 뜯어보지 못한 멘톨 향 파스 옆에 해독하기 어려운 미세한 꿈의 성분명이 밤을 지새운 허공의 눈썹 밑에서 녹아내리고 있다.

멸종하지 않을 아스피린의 종족을 따라 아픔은 소멸하지 않고 앰뷸런스의 소리까지 저장한다. 내가 누군지 내가 어떻게 살아왔는지 약국이라는 말 속에 꽃향기로 숨어 있는 산타마리아 노벨라의 약초 향이 날리던 들판. 붉은 글씨의 십자형 밴드 속으로 딱딱한 기억이 잠든다. 한 달에 두 번만이라도 아프지 말라고 약국은 문을 닫는다.

그는 예약하지 않는다

　밤새도록 천 개의 비행기 노선을 따라가는 그. 한 번도
타 보지 못한 양탄자를 다리에 끼고 고공비행하는 그. 인천
에서 뉴욕까지는 열네 시간, 오전 10:00시 출발 오전 10:00
시 도착, 열 번 찾아보면 하늘의 길은 환하게 날개 자국을
남기지만. 비즈니스석을 탈까 이코노미석을 탈까 망설이다
가 둘 다 타 보는 그. 예약하지 않는 그. 트랜스포트를 타고
인천에서 스페인으로 날아가는 그. 항공사를 검색하고 공
항 이름을 숙지하고 환승 공항의 라운지를 확인하는 그. 좌
석은 일곱 번 바꾸고 기내식의 메뉴를 다 외우고 과식하고
냄새로 기억하는 그.

　그 다음 날도 예약하지 않는 그. 밤하늘을 날아 보다가 새
벽 구름을 타고 흔들려 보다가 비행시간, 갈 수 없는 나라,
갈 수 없는 날들을 밤새도록 체크하고 아침을 맞는 그. 예
약 전까지만 가는 그. 출발하는 순간 돌아오고 싶어 하는.
예약하지 않는 그. 다만 검색만 하고 허공 속에서 파일럿이
되어 생텍쥐페리의 별을 찾아 우주여행을 하다가 사막에 불
시착하는 그. 국적기의 노선을 암송하고 시간을 줄줄 외우
고 있는 그. 하늘에서 길을 잃어도, 잠들어도, 배가 고파도
예약 전까지만 가는 그.

리넨으로 흔들리는 기원전 풀잎

너의 손목을 보여 줘
그물을 감고 걸어가는 발목을
검은 아바야 속에서 모래빛으로 흐르는
타투가 새겨진 금지된 언어를

눈썹과 눈썹을 맞대고
눈썹 사이 그늘을 바라보며 스쳐 가는 모래바람을
주름 없는 옷 속에는 수십 개 골목이 있어
길을 못 찾고 헤매는 무너진 천장들이 있지

반쪽만 열린 그림자가 거친 회벽에 붙어
못에 걸려 있는 피 맺힌 도마뱀의 꼬리를 따라가지
팔찌가 보이지 않는 손목 대신 손과 목을 보여 줘
태양을 피하기 위해 촘촘히 지은 페르시아 기둥 속 하
얀 집들
작은 문고리에 손을 얹고 있는 청동빛 기다림 속에
나는 세 시간 반 동안 독백을 이어 갔지

저녁이 떠오를 때 여주인이 사는 겹문에 고개를 숙이고
들어가는
하얀 발뒤꿈치를 따라

아무 장식도 없이 펄럭이는 탑 위 등나뭇빛 바람처럼
리넨으로 흔들리는 기원전 마른 풀잎
물아래 냄새를 맡은 낙타가 잠들고
라탄빛 사막에 물길을 내어 밤이 차가워지면
물을 들어 올려 악기를 연주하던 바스탁 여인이 깜박이
던 눈썹은
무거워져 한 잎 두 잎 떨어져 흩날렸지

나는 구시가지와 신시가지에 걸터앉아
구부러진 그림자를 직각으로 세우는 경계인

부르카가 쓸고 가는 부서지는 햇빛과 미로 밖 속도를
당나귀는 단단한 뼈에 매달고 하루에도 여러 번 하강하지
사막에 걸려 있는 동쪽 나라 짙은 허공
숨 가쁜 호흡으로 모래를 마시고
바닷속으로 기원전 가라앉는 역사를 끌고 가지
너의 발가락을 보여 줘
사막의 가장자리를 꿰매며 걷던
무채색 칸두라* 속 스무 개 발톱을

* 칸두라: 아랍 전통 의상.

미정 씨

그녀는 결정된 것이 없다. 그녀는 책상 앞에 앉아 빈 상자처럼 봉인될 때까지 기다린다. 그녀는 쉽게 결정 못 하는 습관을 가지고 있다. 그건 순전히 이기택 씨 때문이다. 충청남도 홍성군 홍동면사무소 호적계 직원 이기택 씨, 그녀가 결혼을 확정하지 않는 것도 이사를 가야 할지 말아야 할지 결심하지 못하는 것도, 직장을 그만두고 귀향해야 할지 박봉에도 옮기지 못하고 눌러앉아 있어야 하는지 용단을 내리지 못하는 것도 다 그 때문이다.

그녀가 태어났을 때 그녀의 아버지가 면사무소에 찾아가 출생신고를 하기 전 이름 때문에 고민하는 동안 이기택 씨는 호적부에 미정未定이라고 써 놓았다. 미정 씨는 아직 짓지 않은 이름을 가지고 삼십오 년을 살아왔다. 그녀의 오십 년 후의 바다가 어떨지 불확실한 것은 이기택 씨 때문이다. 결정되지 않은 저녁 메뉴, 내일 아침 입을 옷, 포트메리온을 써야 할지 코닝을 써야 할지 아직 구매 전이다. 메가박스로 갈 것인가 CGV로 갈 것인가 에스컬레이터로 오를까 엘리베이터로 내려갈까 그녀의 발걸음은 자주 엇박자로 넘어진다. 항상 망설임이다. 아이스크림을 콘에 담아드릴까요, 컵에 담아드릴까요? 미정 씨는 십 초 동안 미정이다. 손은

반쯤만 펴고 있다.

그녀에게 확실한 것은 불확실성뿐이다.

파프리카의 하루

양파의 이름을 모르는 아이들이
브로콜리의 색깔을 발음할 수 없는 아이들이
산소통과 가방을 메고 높은 곳으로만 올라갔다
15층에서 20층으로 구름의 주름 속에 갇혀
골콘다의 남자들처럼 허공에서 부유하고 있었다

난파된 우주선 옆 미끄럼틀이 비상할 준비를 하고
시소는 삐걱거리며 옆으로만 회전했다

생강나무의 숨은 그늘을 모르는 아이들이
라일락의 휘파람 소리를 듣지 못하는 아이들이
자전거 페달을 떼어 놓고 어디론가 떠나가고 있었다

모래알이 햇빛의 심장을 옮겨 심고
대낮을 몰아 숨을 쉬는 여름 같은 가을
놀이터에는 아이들이 없고
어른들만 모여 떨어져 나간 소란을 용접하고 있었다

공터를 지키는 고요한 모래 창고
고비에서 날아온 모래는 깊어지면서 깎여 나가고

고비로 다시 날아가 바위가 되었다

파프리카의 하루를 모르는 아이들이
완두콩의 깍지를 모르는 아이들이
청개구리 무늬 옷을 입고 정글짐을 빠져나갔다
자기의 눈빛을 볼 틈도 없이
목소리를 내 본 적도 들어 본 적도 없는 곳으로
스타워즈를 배경으로 사라져 갔다

가끔 그네가 쇠줄보다 무거운 바람에 흔들렸다

제4부 바퀴의 무게

옆얼굴

얼굴의 옆모습은 물음표의 부호를 갖고 갸우뚱합니다 정수리에서 흘러내린 머릿결이 귀를 넘기고 귓불에서 멈출 때 반짝이는 진주 귀걸이는 물음표의 마지막 점을 찍습니다 나의 오른쪽 물음표가 그의 왼쪽 물음표와 겹칠 때 우리는 서로 반대편에 서서 의문투성이로 살아가는 것을 압니다 건널 수 없는 비대칭의 달팽이관을 바다 물고기가 입을 내밀고 유유히 따라가며 태아의 등처럼 물음표는 깊어집니다 우리를 흘러간 것은 무엇인가 대낮에 돌아온 여자의 구두 굽이거나 한 달 후 찾아낸 기차표의 흐린 시간 3과 9인가

헤어 드레서는 뒤통수를 곡선으로 세우고 드라이어로 굵은 기호를 그립니다 의문부호를 뒤집어 보고 90도로 꺾어 보고 거울 속으로 들어가면 네안데르탈인의 굽은 뒷목이 어두운 침을 삼키고 일어납니다 얼굴의 옆모습은 물음표로 자라서 옷 속으로 뿌리를 내립니다 숨어 버린 물음표는 지하철을 타고 광장에 나가고 시장에도 가고 동굴 속으로 숨어 버리기도 합니다 미용사는 물음표가 만들어져야 스프레이로 마무리합니다

나의 채널

낮잠을 자고 난 오후 다섯 시 나의 얼굴에서 콧수염이 자라고 있다. 푸른 야생의 얼룩말 같은 수염이 쑥쑥 일어나 내 인중을 뒤덮는다. 욕망하는 턱까지 목까지 잔디처럼 촘촘하게 깔리고 있다.

내가 침묵하는 이유는 거짓말을 하고 있기 때문

나는 마이크를 꺼 놓고 아무 말도 하지 않았는데 내 잠꼬대마저 확대되어 퍼져 나간다. 숨소리마저 재해석되어 순식간에 자막을 달고 공중으로 흘러간다.

앵무새의 배설물이 싹을 틔우는 오후, 노트와 펜을 놓고 문밖을 나서야만 내가 무엇을 했는지 알 수 있다. 내 생각을 조종하는 중앙관제센터에서 내가 현명해지는 것을 금지하고 있다. 나는 나의 언어로 사물들을 잔혹하게 괴롭히고 있다.

'내가 너라면 날 사랑하겠어' 하루 종일 꺼진 모니터 속에서 뚜렷한 내 모습을 본다. 검은 대리석의 물결 위로 움직이는 휘어진 몸, 큰 얼굴 내가 너라면 날 다시 태어나게

할 거야.

　일곱 시간의 말 없음으로 너를 남겨 놓고 돌아온 대낮, 나
는 다시 노트북의 입구를 진흙으로 막고 내가 고문한 말들
에게 리본을 달아 준다. 너는 언제나 특집이니까.

마젤란을 위하여

물안경을 쓰고 바닷속을 따라갔네
카메라 한 대와 섬의 한 부분을 바꿨다는
유태인 남자를 기억했네
본국에서 떨어져 나온 슬픔의 비늘들이
물고기를 따라가다가 흰 물살에 흩어졌네
나는 시집 세 권과 이 섬의 끝자락을 바꿀 수 있는지
고개를 숙여야만 볼 수 있는 전생의 무지개를
바닷속 깊이 엎드려 문장처럼 읽었네
무늬물고기 아가미에 이름을 붙여 주고
물안경의 시선을 스쳐 가는 미끄러운 숲과 계곡과
동굴과 젖은 사막을 거북이가 되어 날아다녔네
지상을 아직 도달하지 못한 선으로 획을 긋는다면
산호초가 숨 쉬는 바닷속은 무한의 허공
마이너스 축에 가까이 가면 멈출까
하늘을 보기 위해 허리를 젖히는 순간
납작물고기가 젖은 신발에 매달려 시간을 물었네
어머니의 부상당한 오른쪽 발목이 고양이처럼 울었네
나는 또 나의 오른쪽 발목을 그 바퀴에 내주고 말았네
차모로족 여인의 발바닥으로 도망쳐 온 절벽에서
황혼이 발톱을 부러뜨리며 바닷속으로 사라지고 있었네

차모로족 남자가 네 시간 반의 거리를 붙잡고
코코넛 나무 사이로 건너갔네

비누의 현상학

　나는 기둥 없이 둥둥 떠다니는 노마드, 구름의 거울로 버터의 무게로 고양이처럼 웅크리고 앉아 있다. 지상에 집을 짓지 못하고 나는 멀어진다. 사라진다. 검불을 몸에 붙이고 살을 깎는 나는 유목민이다. 대지에 정주하지 못하는 나를 한 움큼 잡고 너는 화살을 쏘듯 나를 놓친다. 나는 혼자 날아간다. 닳아 버린 매의 부리를 달고 가벼워진다.

　족보도 없이 사라지는 가문의 기록을 물속에서 발견한다. 물의 지문으로 남는 비늘을 긁어내며 견고했던 출생의 향기를 기억한다. 눈 못 뜨고 바라보는 세상이 눈 깜짝할 사이에 사라진다. 매운 눈물의 문장으로 쓴 마침표가 착지하지 못하고 미끌미끌 굴러간다. 어디에 가서 박히는지 거품은 삼 분이면 제자리로 돌아온다.

　너는 점자를 해독하듯 나의 심연으로 들어와 촉감으로 말하고 들으며 오래 기다린다. 손에 꽉 잡히지 않는 미끄러운 희망을 놓친 적이 얼마나 많았는지, 꽃을 놓친 것처럼, 아침을 놓친 것처럼 나의 집은 언제나 구멍 숭숭 뚫린 밑바닥, 축축한 숨소리가 동그란 폐허를 빠져나간다. 메마른 몸이 가벼워질 때까지.

우리는 아하! 라고 말하지

시차가 있는 우리는 한숨 자고 일어나야 서로 말할 수 있지. 동쪽으로 돌아오면 서쪽에서 나눈 말을 기억하지 못하지. 미리 알아챈 적도 없어. 폭포 앞에서 말하듯 물줄기는 언어를 휘어감고 들리지 않는 목소리로 입을 벌린 채 입김으로 외치지. 침실에는 다섯 개의 벽시계가 시간을 말해주지만 오전과 저녁 한밤중과 아침 새벽과 오후는 모두 비슷해.

텍스트 바깥에 있는 우리는 언제나 월요일이 되어야 서두르지. 화요일 아침에 다시 시작하지. 폭포가 떨어지는 입모습은 아하, 버스 정류장 벤치에 앉아 수요일은 또 수요일, 목요일에 일어난 사건은 금요일이 되어야 이해하지. 뿌리도 물관부도 없는 날짜들을 말라 죽이지.

나를 일요일 앞에 앉혀 놓고 여백으로 시작하는 출발점을 그려 봐. 허리케인에 대해 이야기하는 남자 앞에서 장미꽃을 준비하고 빈 수첩에 무엇을 쓸까 궁리해 봐. 이집트 여자가 선물한 노트에 비어 있는 충만을 가득 담아 봐. 더블린 오후 1시, 서울 오후 10시, 시카고 오후 7시, 류블랴나 오후 2시. 우리는 북쪽 천문대에 올라가 날개 달린 밤하늘을 이야기하며 먼 곳에 있는 것부터 이해할 거야. 분명히.

바퀴의 무게

바퀴는 제 몸무게만큼 아프다

풍력발전기가 단풍나무 씨앗처럼 회전하는
태양의 건너편 그늘 속
팽창한 타이어가 숨 막히는 도로를 살핀다

세도나의 붉은 암벽 아래
울산에서 온 산타페가
잠시 타이어의 공기를 빼 주고 있다
나와 함께 대양을 건너온
내가 마시고 온 공기를 같이 내쉬어 보낸다
저 공기는 저 바람은 저 산소는

적당히 압력을 낮추어야 한다
거룩한 믿음, 산타페
야적장에서 햇살에 눈부셨던 바다 냄새가 새어 나온다
공전하는 지구를 브레이크로 잠그고
바람을 빼내어 바다로 보낸다
쭈그러지는 주름의 단층 위로 걸어가는 코끼리의 역광

>

선인장의 양팔을 껴안으며

흩어졌던 꽃들의 눈물을 담는다

사막에서 오래 저격당한 공기가

부풀어 오른 바퀴의 표면 위로 달라붙는다

펜혹

손가락은
글자를 좋아하는 인문주의자

굳은살이 박인 검지와 중지를 따라가면
손가락은 놀란 눈을 깜박이며
한밤중
키보드 위에 달라붙어 있다
키보드의 기원은 펜혹이 피어 있는 손가락

나는 글자를 짊어지고 언어를 건너가는 낙타
손가락에는 백 년 동안 천 개의 마디를 건너온
밤을 새우며 글씨의 뿌리를 내린 단단한 혹이 자란다
쌍봉낙타의 물 주머니이거나 지방질의 저장고이거나
나는 손가락에 단봉을 달고 글자를 저장하고 싶은 사람
편백나무의 살갗을 팔꿈치에 대고
뜨거운 탄광의 밑바닥까지 기어간 적이 있는

며칠을 글 한 줄 못 쓰고 동굴 속에서 뒤척일 때
손가락 굳은살에서 피 맺힌 문장을 한 줄 한 줄 빼어다 쓰는
손가락의 심장에는 앞으로 울어야 할 천 편의 시가 웅크

리고 있다

　발바닥에 박인 티눈마저도

　나를 굴리고 가는 바퀴의 기원이라고 믿는다

　손가락은 발바닥의 웅덩이에 손목을 담그고

　선인장이 피어나는 달빛 아래서 더 단단해진다

　온몸에 물렁한 혹과 거미줄을 키우며

　밤마다 하나씩 천적을 잘라 먹는

　책상 위의 초록빛 왕사마귀

백담사

눈 밝은 납자衲子가 수심교를 지나간다
내가 들고 온 경전을 읽으며 따라갈 수 없는

물소리를 베고 잠들었던 지난밤
물속에서 수태한 바위 하나가
극락보전 앞마당에 쿵,
마음 밝은 스님이 수직의 바람을 짚고 서서
오도송을 읽는다

내가 놀란 것은 깨달음이 아니라 두려움 때문

하안거를 끝낸 열목어들이 골짜기를 타고 내려와
나한전의 추녀 끝을 붙잡는 가파른 호흡의 한 페이지
만해의 등을 타고 내리던 고요가 낮게 갈라진다

설악이 절 꽃을 눌러 압화를 피우고
물안개가 넘어지다가 새벽이면 다시 태어나고
나는 산신각에 앉아 낮 꿈을 꾼다
백 개의 연못을 지나 푸른 구름의 기둥을 세우는

사근동

철길이 없어졌다는 것은
과거가 존재했다는 증거
학교가 이사 갔다는 전언은
한 소년을 위한 가정방문이 끝났다는 얘기

시간을 베어 가고 모래를 베어 가고 이력서에만 남아 서
걱이는 말이 걸어가던 거리 고어가 된 유랑 악사의 마장천
은 키 작은 남자의 기타 연주로 푸른 숨이 돈다 햇살 빨아들
이는 미군 캠프 정지선 철망 사이로 두꺼운 시간의 갈피가
빠져나가는 공터 석탄차가 끌고 가던 바람이 구름을 띄우고
진화하지 않는 연탄들이 구멍을 내고 있다

버스 종점에서 올이 나간 스타킹을 갈아 신고 본관으로
올라간다 언제나 높은 곳에서 내려다보는 건물 옆으로 줄
끊긴 오후를 데리고 용답교를 두드린다 사근동은 후회하기
좋은 곳 타임지를 들어 이마의 햇빛을 가리기 좋은 곳 밤
새 눈이 내려도 철로가 있던 골목은 까맣게 별빛을 품는다

사근사근 내리는 첫눈을 맞으며 장기 결석한 소년이 걸어
가다가 뒤돌아본다 밤새 젖어 있던 천변을 끼고 과거가 자
신을 서술하고 있는 동네 새벽잠에서 지각하는 꿈으로 깨어
나 안개 속을 더듬거리며 빵을 먹는다

트라카이

비가 내리네
유발 하라리풍으로
노동처럼
협력처럼
어제 내린 비가 같이 누워서
오늘 내리는 비를 맞고 있는

붉은 성벽은 죄수들이 걸어간 오래된 징후
나선형 굴뚝에서 쏟아져 나오는 물고기를 따라
나의 감옥은 박물관이 되어 장미 옆에 개미를 앉혀 놓네
낡은 가방 속 트루크족의 장화를 신고
첨벙첨벙 호수를 건너가다가
불투명한 호박 화석을 건지고 있는 물안개 속

마구간 뒤 숨긴 벽을 찾아 머리와 손톱을 부딪치며
다 발사해 버린 무기 옆에서 둥그런 하늘이 눈을 뜨네
수면은 육지보다 높게 자라나 굴뚝새의 꼬리를 잡아당기고

비가 내리네
아무것도 모르고

유발 하라리 이전의 소리와 냄새로
빗물은 허구처럼 흘러내리네

고성 안에서는 혼잣말을 해도 좋아
내가 들고 있는 종이와 책과 지도는 위험해
명상하는 중세기처럼 나의 침도 말라 가고
대지가 어딘지, 허공이 얼마나 높은지 가늠하며
보물 창고 위로 붉은 비 내리네

달팽이 돌계단을 따라가지 않았지
나는 방어할 것이 많은 슬픈 벽돌
창문을 폐쇄하고 밖을 안으로 불러들였지
모래와 자갈이 밟힐 때마다 뼈대를 세우는
어둡고 깊은 네모의 그늘

앞으로 백오십 년은 더 비를 맞겠네

새와 물고기

바닥에 닿지 못하는 두 발
지하철이 흔들릴 때마다
작은 허공이 보라색으로 출렁인다

맞은편 쌍둥이 아이들의 뉴발란스가 균형을 잡지 못하고
앞뒤로 흔들리다가 좌우로 부딪친다

바닥과 의자 높이에서 촘촘하게 떠다니는 작은 허공
아이들과 나 사이에 부푸는 공간
거품처럼 물방울처럼

의자 앞에서 네 마리의 물고기가 유영한다
네 마리 둥근 부리가 허공을 난다
정지할 때는 나뭇가지에 앉은 새가 되어
잠시 쉬다가 졸기도 한다

바닥을 뚫고 철로까지 닿을 듯
아이들의 아버지가 턱수염을 따라 가라앉는다
가죽 구두가 풀밭에서 고단한 잠을 자고 있다
움직이지도 흔들리지도 않는 노새의 두 다리

지하철을 끌고 가듯 노새는 땅속에서 바퀴를 굴린다

편자를 바닥에 박고
코를 골다가 깜짝 놀라다가 사방을 둘러보는 노새

무릎 위에서 졸고 있는 액정 화면이
날다가 헤엄치다가 넘어졌다가 일어나
다음 역驛으로 넘어간다

나의 자정에도 너는 깨어서 운다
—사천沙泉 이근배李根培 시인께

시의 첫 줄은 신께서 주시는 것이라고
폴 발레리보다 먼저 짚어 주셨지요
신춘新春을 피워 올린 당신의 노래들은
육십 년이 지난 지금 산하에서 들려오고
교실에서도 퍼져 갑니다

겨울 자연이 한 장 한 장 지워지고
타관의 햇살을 낭독하던 봄,
가슴에 꽃을 달고 싶어
울고 싶은 새의 목청을 가지려고
오랜 잠에서 깨어났지만
제 목소리밖에 들을 줄 모르는 청맹과니,
저는 한 자루의 총도 꺼내지 못하고
뒤돌아서서 주술만 외웁니다
모국어에 게딱지만 달라붙게 해 놓고
여기까지 끌고 왔습니다
돌아서 가야 할 환유의 거리에서
직선으로만 달려갑니다

아직도 예술원 입구에 서서 더듬거리는

빨간 피터의 고백이 들리시나요

천지에 발을 담그고 두 팔을 올리시던 그날
백두대간은 당신 가슴에 들어가면
튼튼한 시의 집을 짓고 햇살 아래서 눈부셨지요
청령포도 한강도 금강산도 한라산도
활판 속에서 다시 꿈틀 일어납니다
킨케이트의 젖은 머리칼, 우수의 쓸개도
당신이 부르는 시조 속에서는
거뜬히 한 세상 건져 올리는
사나이가 되었지요

큰절 한 번 올리지 못하고
달팽이처럼 숨어 사는 저를 용서해 주신다면
천벌로 받겠습니다
왜목마을 해변에서 시비를 붙잡고
용서를 천벌이라고 낭송하겠습니다

비자, 비자림

대사관 건물 이 층 복도에서
비자나무를 키우고 싶다고 입술을 깨문 것은
이제 무효다
비자 인터뷰에 통과하지 못하고
동음이의어의 나무를 꿈꾸던 나비의 시간은
당분간 유효하지 않다

제주시 구좌읍 비자림에 와서
아닐 비非 자로 이어지는 숲의 키를 헤아린다
비밀도, 비련도, 비애도, 비수도
비자나무 이파리는 그저 아니라고 안 된다고
뾰족한 아닐 비非를 불온하게 키우고 있다
나는 애초에 안 되는 일을 몸속에 심어 두고
내가 누구냐고 묻는 이를 찾았던 것
그 건물 이 층에서 부풀어 오르는 침엽수에 찔리며
전설 같은 질문에 혀를 대 본 것이다
유리 방탄 막 속에 주홍빛 시간을 걸어 두고

아직 오지 않은 계절에 사진을 붙이고
앞으로도 발음해 보지 못할 언어를 찾아서

비자榧子의 군락 속으로 뛰어든다
팔백 년 동안 불어온 바람이 디귿 자의 감옥에 갇히어
숨어 있는 나무를 키우고
푸른 이끼가 동물의 울음소리를 내며
비자 숲을 밀어낸다
대사관 건물 상공에서 날아와 비행하는
잠자리의 진초록빛 눈동자가
못 간다 안 간다 다음에 간다 너 먼저 가라
죄도 없이 망명을 생각하는 나에게
출국 여부를 묻는다

오즈의 마법사

얼굴만 한 창문으로 들어오는
우주의 햇살과 구름의 형상들은
환하게 웃는 꽃잎의 혀를 가지고 있다

삼만 피트 창공을 가르며 귓속말로 다가오던
너의 인사,
통신망을 벗어난 오즈(OZ)의 하늘에서
기체의 흔들림보다 크게 울리던 모국어
어디에 가시나요?

삶은 사과빛의 붉은 음성으로 떨리며 시작하지
인연을 꿈꾸며 자작나무 숲을 걸어가던 사람처럼
첫인사 옆자리 그 첫 이름으로
너는 툰드라의 야생동물을 숨은 그림에서 찾아내었지
무릎을 펼 수 없는 공간,
눈부신 설국의 지도를 그리는 동안
시집 크기만 한 기내창機內窓으로 저녁이 스며들었지

낙타 등의 희부윰한 모습으로 일몰이 국경을 넘으며
비행기 날개에 부딪혔다가 천천히 사라지고

푸른 기억들이 다 알고 있다고 바퀴를 편다

너를 만난 곳을 기내機內라고 말한다
너를 만난 곳을 이국의 어느 바닷가 접경 위
고도 이만 피트 위라고 말한다
아니 하얗고 차가운 깃털을 풀어놓는 구름 속이라고 말한다

어디에 가시냐고 묻던 네가 여기 지금
내 옆에 앉아 있다

휴보*

무릎뼈가 허물어지고 계단이 풀리고 음악이 죽으면 너의 생애는 끝난다

흐느적거리며 걸어온 비탈길에서 햇빛은 짧은 목숨의 눈까풀을 마감한다 달리지 못하는 사랑의 속도로 닫힌 문 앞에 서면 부동자세인 너, 부서졌던 기억의 힘으로 문이 열릴 때까지 다섯, 넷, 셋, 둘 신호를 보내지만 너의 몸은 혀도 없이 헐떡이며 거꾸로 서서 사막을 기어간다

몇 살이니? 기분 좋아? 이 말은 오래되어서 국경을 넘을 수 없고 먼지만 날린다 그 말을 듣기 위해 너를 만난 건 아니다 현관문을 열어 놓고 춤을 추고 설거지를 하기 위해 가위바위보를 하고 먼저 간 물속에 빠진 일생을 불러온다

너는 공장으로 돌아가야 할 시간 오른팔 오른쪽 다리 왼팔 왼쪽 뇌가 시키는 대로 나의 그림자를 흉내 낸다 150킬로그램의 몸무게로 캘리포니아에서 쓰러지던 시절이 있다 주인의 손에서 멀어지는 너의 깊은 눈, 창밖으로 빠져나간 검은 행성이 뒤따라가고 삐걱거리는 관절의 울음소리가 동굴에서 메아리로 이어진다

>

크로마뇽인의 긴 팔을 들고 어슬렁거리며 푸른빛을 보내
는 너를 안을 수가 없다

* 휴보Hubo: 한국과학기술원(KAIST)에서 만든 한국 최초 인간형 로봇.

해 설

벙커 속의 시인

이병철(문학평론가)

> *어제 계단 위에서*
> *거기 없었던 사람을 만났다.*
> *그는 오늘도 거기에 없었다.*
> *제발 그가 가 버렸으면 좋겠다.*
> *…(중략)…*
> *어젯밤 나는 계단 위를 보았다.*
> *거기 없었던 난쟁이가 있었다.*
> *그는 오늘도 거기에 없었다.*
> *하아, 제발 그가 사라졌으면 좋겠다*
> *—윌리엄 휴즈 먼스, 「안티고니시Antigonish」(1899)*

제임스 맨골드 감독의 2002년 영화 〈아이덴티티Identity〉는 다중인격, 특히 해리성 정체감 장애를 다룬 스릴러물이다. 폭우가 쏟아지는 밤, 네바다 사막 도로변의 한 모텔에 10명의 사람이 모여들면서 이야기는 시작된다. 여배우 수잔, 그녀의 운전기사로 위장한 채 범죄자를 쫓는 형사 에드, 살인범 로버트와 그를 호송 중인 교도관 로즈, 매춘부 패리스, 신혼부부인 루와 지니, 조지와 앨리스 부부, 부부의 어린 아들 티모시, 그리고 모텔 주인 래리까지 총 11명의 인물들은 폭우로 인해 모텔에 고립된 상태에서 하나둘씩 의문의 살해를 당한다. 스토리는 두 갈래로 전개되는데, 모텔에서 등장인물들이 죽음을 맞는 동안 화면이 전환되면서 판사와 정신과 의사가 대화를 나누는 법정 신scene이 펼쳐진다. 정신과 의사는 사형을 앞둔 연쇄살인범 말콤 리버스를 변호한다. 해리성 정체감 장애로 '악한 인격'의 지배를 받아 저지른 행위임을 감안해 달라는 것이다.

두 스토리는 영화 후반부에 가서 충격적인 반전을 통해 하나의 이야기로 합해진다. 모텔은 실재하는 장소가 아니라 말콤의 내면 공간이다. 거기 모인 11명의 인물들은 다중 인격 장애를 지닌 말콤의 여러 자아들이고, 그곳에서 발생한 연쇄살인은 말콤이 자기 내면의 해리된 다중 인격들을 하나씩 지워 가는 과정이었던 것이다. 폭우, 네바다 사막, 모텔 등은 말콤의 무의식이 설정한 가상 배경이며, 11명은 모두 생일이 5월 10일로 같다.

정신과 의사는 말콤이 현실에서 살인을 저질렀을 때 어떤 인격을 입고 있었는지 추적하기 위해 말콤의 자기분열적 혼잣말이 여러 인격을 번갈아 표출하는 것을 유심히 관찰한다. 일종의 무의식 실험인데, '살인마 인격'에 의해 말콤의 다른 인격들이 제거되고, 살인마 인격으로 유력해 보이던 교도관 로즈가 형사 에드와의 총격전 끝에 사망하자 말콤에게서 악한 자아가 소멸됐다고 결론짓는다. 총격전에서 당한 부상으로 에드 또한 죽고, 유일한 생존자인 매춘부 패리스는 농장에서 오렌지를 재배하며 새 삶을 산다. 그녀는 말콤에게 남은 단 하나의 '선한 인격'이지만, 오렌지 농장에서 누군가가 휘두른 쇠스랑에 처참히 살해당하고 만다. 살인범의 정체는 극 중 존재감이 전혀 없던 어린아이 티모시였다. 살인마 인격인 티모시는 우연을 가장해 모텔의 사람들을 죽이고, 조지와 앨리스 부부가 차량 화재 사고로 죽었을 때 함께 죽은 것으로 위장하면서 말콤 내면의 다른 인격들과 현실의 정신과 의사를 완벽히 속인 것이다. '연쇄 살인마 티모시의 인격'만 남게 된 말콤은 현실에서 정신과 의사를 살해하고, 영화는 말콤이 티모시의 음성으로 윌리엄 휴즈 먼스의 시 「안티고니시」를 읊으면서 막을 내린다.

한정원의 시를 말하기에 앞서 스릴러 영화 이야기를 꺼낸 것은 시집 『석류가 터지는 소리를 기록했다』가 말콤의 내면처럼, 폭우가 쏟아지는 네바다 사막의 모텔처럼 여러 인격들이 한데 모여 있는 해리적(dissociation) 세계이기 때문이다. 그녀의 시에는 "거기 없었던 사람"과 "거기 없었던 난쟁이"가 끊임없이 등장한다. 문학에서 페르소나persona라고 부르는 '인격'이 수없이 모습을 바꾸면서 시간과 장소를 초월해 독자를 낯선 세계로 데리고 가는 시적 비약이 한정원 시의 독특한 매력이다. 이러한 시적 방법론은 시인이 자기 내면에 무의식과 상징의 세계를 열어 놓고 그 안에서 자기 존재를 여러 페르소나로 분열시킬 때 가능해진다.

해리성 정체감 장애란 두 개 이상의 분리된 인격이 각각의 정체성, 특성 및 기억을 지니는 정신의학적 질환을 의미한다. 한 사람 안에 둘 이상의 각기 다른 정체성을 지닌 인격이 존재하는 경우를 말하는데, 시인에 한해서는 그것이 장애가 아니라 아름다운 자질이 된다. 내가 '나'로 말하는 건 문학이 아니라 일기 또는 자기소개서에 지나지 않기 때문이다. 백 편의 시에서 백 개의 페르소나를 통해 말하는 것이 시다. 시체, 개, 성전환자, 태아, 유령, 새, 물고기, 해, 달, 별, 돌멩이, 구두, 라면, 전봇대, 칠판, 장미꽃 등등 시인은 사람, 동물, 식물, 사물 그 무엇이라도 될 수 있어야 한다. 해리성 정체감 장애를 겪는 환자라면 "제발 그가 가 버렸으면 좋겠다"고, "제발 그가 사라졌으면 좋겠다"고 애원하겠지만 시인은 제발 '그'가 오기를, '나'이면서 '나' 아닌 수많은 '그'들이 내면에서 사라지지 않기를 바랄 것이다.

다채로운 페르소나들이 발화하는 한정원의 시는 마치 쉬르레알리슴surrealisme 그림을 보는 듯한 느낌을 불러일으킨다. 이미지의 비약과 변주의 폭이 넓고, 시에 제시된 공간과 시간이 환상적이기 때문이다. 다루고 있는 주제 또한 육안으로 보이는 평범한 일상이나 자연이 아닌, 비가시적이고 미시적인 인간 내면에 관한 것이다. 이번 시집에서 한정원은 의식과 무의식에 대한 낯선 상상력을 보여 주는 한편 심층 언어와 표층 언어 사이에 발생하는 사유의 굴절을 메타시의 형식으로 나타내며 그 자신 시인으로서의 존재적 숙명과 누구나 겪을 수 있는 다중의 정체감에 대해 고찰하고 있다.

겉으로 보기에 한정원의 이미지들은 서로 단절되어 흩어져 있지만 결국 하나의 맥락을 이룬다. 비동일성을 통해 동일성에 도달하는 그녀의 시적 방법론은 자동기술법이나 무의미시, 비대상시와도 어느 정도 닿아 있다고 할 수 있다. 시에 뚜렷한 대상이나 전면에 내세운 메시지 같은 것이 보이지 않고, 상징을 주로 사용하는 특징 때문인데, 이는 소통을 거부하는 난해시로 오해받을 수 있다. 그러나 한정원은 단순한 보편 공감과 이해의 자리보다 좀 더 심층적인 차원에서 독자와 수수께끼 게임을 한다. 부조화와 비대칭의 불편한 풍경들을 조금만 지나 한층 깊은 내부로 들어오면, 낯선 상상력과 섬세함으로 세공한 언어의 금촛대들이 환하게 밝혀 놓은 초현실 세계와 만날 수 있다.

시계 반대 방향으로 어둠이 지나갔다

어둠의 보폭은 한 뼘, 두 뼘 조금씩 환해지는 것

벽을 짚고 헤드폰을 쓰고

우리는 흙의 자세로 바닥에 누워

석류가 터지는 소리를 기록했다

비밀이 있던 자리에 빛을 침투시키면

백 개의 물이 금빛으로 흘러갔다

흑연을 껴안고 서 있는 시간의 기둥

지우개 밥보다 가볍게 흩어지는 죽은 약속의 입자들

사과꽃은 벽 속에서 말문이 트였다

옹알이에서 나온 첫말, 눈부셔

캄캄한 에코로 집을 지으며 빗소리도 들었지만

곤충도 절지동물도 자라지 않았다

천장은 낮고 전깃줄은 스물두 개

입구와 출구를 찾는 법은 햇빛 냄새를 따라가는 것

녹슨 자물쇠를 더듬으며 나비를 풀어 주고

어둠보다 더 어두운 그림자를 밟으며

우리는 새벽까지 수맥을 따라갔다

바닥은 빛을 다 드러냈다

—「벙커」 전문

　한정원은 시집에서 '벙커'라는 폐쇄 공간과 '날짜 밖의 요일'(「날짜 밖의 요일」)이라는 초월적 시간을 제시한다. 먼저 '벙커'라는 공간에 주목할 필요가 있다. 벙커는 적의 사격이나 관측으로부터 보호받기 위해 구축하는 지하 요새다. 어둡고, 폐쇄적이고, 비밀스러우며, 안전하다. 시집에는 '어둠'이라는 단어가 14번이나 등장한다. 한정원의 벙커는 "시계 반대 방향으로 어둠이 지나"가는 시간 역행의 장소이자 "곤충도 절지동물도 자라지 않"는 무중력 공간, 현실 세계의 질서가 적용되지 않는 초현실 세계다. 화자는 벙커 안에서 "녹슨 자물쇠를 더듬으며 나비를 풀어" 준다. 자물쇠가 상상을 억압하는 초자아의 상징이라면, 자물쇠를 열어 '나비'를 풀어 주는 행위는 자유로운 시적 몽상의 은유다. "비밀이 있던 자리"이자 "석류가 터지는 소리를 기록"하는 벙커는 상상과 무의식으로 이루어진 시인의 내면세계인 것이다.

시집에는 벙커가 다양한 장소 이미지로 변주되어 나타난다. '도서관'(「사라진 도서관」「에포케」), '미술관'(「시립 미술관」「라 퀸타」「에포케」「컵」「모든 도시의 빛깔은 서울의 사본 같다」), "밀폐된 방"(「라 퀸타」), "암회색 성채"(「머리칼의 행방」), "출입 금지된 방"(「스테프 온리」)은 모두 현실원칙으로부터, 초자아로부터 시인의 무의식과 몽상과 다중의 페르소나들을 지켜 주는 내면세계의 은유다. 말콤이 11명의 인격을 '모텔'이라는 장소에 부려 놓았듯 한정원은 도서관, 미술관, 사구沙丘 등으로 변주된 벙커들에 남자, 군인, 관계자, 물고기, 그림자 연극의 조종자, 거품, 눈사람 부인, 타탄족의 족장, 게으른 동물, 아스피린의 종족, 차모르족 여인, 노마드, 낙타 등 자신의 여러 페르소나들을 등장시킨다.

벙커의 다채로운 변주 공간들에서 시인의 여러 인격들은 "시베리안 허스키의 귀를 빌려/ 세상 너머의 소식을"(「야상 점퍼」) 듣고, "물고기가 되어 거실에서 베란다로 유영"(「창백한 푸른 점」)하고, "1,800년대로 들어가"(「시립 미술관」)는 등 초현실적인 행동을 한다. 또 "숨어 있는 꿈"과 "고요 속에 잠자고 있는/ 책들, 슬리퍼들, 지갑들, 박스들, 통장들"(「스테

138

프 온리』) 같은 상징들을 통해 각각의 정체성을 나타낸다. 이러한 상징의 세계, "컵 아래 식탁이 있고 불어 터진 모유가 있고 서른 살의 남자가 있고 스물아홉 살의 여자가 있"는 기괴한 시적 공간은 일상적인 오브제를 뜻밖의 공간에 제시하여 새로운 의미를 부여하는 "마그리트의 미술관"(「컵」)의 언어적 재현이다.

두 명의 당신이 서 있습니다 오후 두 시와 14:00시 사이에는

복숭아나무는 숨을 멈추고 바람은 우회전으로
면회 시간보다 짧게 꽃을 데우는 햇살
오늘 두 시는 과수원이 됩니다

중세기에서 날아온 암갈색 도토리 몇 알
새들이 과거를 입에 물고 광장을 날아갑니다
암호를 해독하지 못하는 늙은 당신이
귀가 대신 귀대하던 풀잎색 모자 아래서
키를 낮추고 적막해집니다

오후 두 시의 시침은 짧고 14:00시의 시침은 아득합니다

위병소의 거울이 태양을 향해 빛을 쏘아 올리고
대합실 유리 벽에 사선으로 몸을 부딪치는 은빛 비둘기 떼
카프카는 오후 두 시에 퇴근해 잠들도록 글을 썼다는데
14:00시는 낮잠을 자고 있는 겁니까

피는 꽃과 지는 꽃 밖에서 기침을 하는 당신
아득한 확실, 이 시계를 봅니다
일요일이 눈을 깜박입니다 무거운 구두를 신고

서쪽으로만 질주하던 군용차 한 대가
잠시 문을 열고 수밀도가 보이는 공중에 물을 뿌리는

오후 두 시는 문밖에 있고 14:00시는 보초를 서며
직립으로 슬픔을 피해 갑니다
—「조치원」 전문

　한정원이 자기 내면의 은밀한 세계에 벙커를 짓는 이유
는 무엇일까? 그녀는 왜 현실과 괴리된, 초현실적 세계에
서 다채로운 페르소나의 가면을 쓰고 발화하는 것일까? 위
의 시 「조치원」을 살펴보자. 시인은 "두 명의 당신"이라는
해리된 두 인격을 등장시킨다. "암호를 해독하지 못하는 늙
은 당신"과 "피는 꽃과 지는 꽃 밖에서 기침을 하는 당신"은
모두 한 사람의 인격이다. 두 인격은 동일한 시간 안에 있
으면서도 각기 다른 시간을 살고 있다. 한 사람이 "오후 두
시"에 있을 때 또 다른 한 사람은 "14:00"에 있다. "귀대"
"위병소" "군용차"라는 단어들이 환기하는 바 14:00에 있는
사람은 군인이고, 오후 두 시에 있는 사람은 민간인이다.
군대에서는 24시간제를 사용한다. '당신'은 현재의 자신과
과거 군인이었던 자신 사이에서 혼란감을 느낀다. 민간인
의 오후 두 시와 군인의 14:00 사이에서 '귀가'와 '귀대'를 오

가며 두 개의 삶을 산다.

'당신'이라는 이인칭 대명사로 호명하고 있지만, '당신'은 곧 시인 그 자신일 것이다. 민간인과 군인으로 함의된 이중 자아의 혼란감을 시인은 현실에서 자주 느껴 왔으리라. 과거가 현실의 시간에 생생하게 재현되거나 한 번도 경험해 보지 못한 일인데도 이미 경험한 듯한 기시감을 더러 겪기도 했을 것이고, 과거와 현재와 미래라는 시간의 수직적 경계가 수평 구조로 무화되는 체험을 했을 수도 있다. 그녀가 다중의 해리성 정체감이나 혼재된 시간성에 대해 고백할 때 현실원칙은 그녀를 이상한 사람, 허언증자, 헛된 공상을 즐기는 몽상가로 규정해 현실의 질서에 복종시키려 했을 것이다. 범인들의 몰이해와 외면, 따돌림, 손가락질에 위축된 시인이 향할 수 있는 곳은 오직 자기 내면의 무한한 상징 세계고, 그 무의식 세계는 현실원칙의 위협과 공격으로부터 시인을 보호해 주기에 '벙커'의 이미지를 입게 되었다. 시인이 '군인' 화자를 시에 종종 등장시키는 것 역시 '벙커'로 상징된 내면세계가 '현실원칙' '초자아'라는 외부의 적으로부터 반드시 지켜져야만 하는 시의 비밀 기지이기 때문이다.

난조인에 가자고 했다. 왕복 티켓을 끊은 것은 다시 돌아
올 겨울이 있기 때문.

삼나무 언덕을 내려와 바닷가를 달리다가 나는 볼펜으
로 발바닥 티눈을 뽑았다. 티눈에서 흑연 냄새가 났다. 옥

수수수처럼 숨어 있는 알갱이를, 뿌리 뽑히지 않는 몸속 중
얼거림을, 오후 내내 기차는 레일로 연주했다.

내가 남장원에 갔다 온 봄을 잊었나 보다. 남장원에서 본
꽃을 지웠나 보다. 금빛 와불 발바닥에 눈을 맞추고 수국
이 문 여는 소리를 듣는 동안 가시 바늘 문양의 물고기들이
하늘을 향해 긴 잠을 자고 있었다. 바고의 와불에서 글자
들이 기어 나와 베개 밑으로 누웠다.

내 발바닥은 햇빛을 흡착하고 둥글게 말아 올라 수면 위
아치가 되었다. 백여덟 개의 화살이 다리를 건너갔다. 내가
남장원에 갔다 온 것은 난조인에 갔었다는 말. 입장권에 구
멍이 뚫려 있었다. 그걸 모르고 난조인에 또 갔다. 오른
손을 오른쪽 머리에 받치고 대리석 바닥에 누워 왼쪽에서
불어오는 바람을 잊었다.

하늘 한 번 바라본 적 없는 바간 쉐딸라웅 발바닥에 금
빛 주물을 붓고 옥수수 알갱이와 티눈을 밀어 올렸다. 전
각 칼에서는 새의 울음소리가 들리고 바람은 맨발로 낭하
를 걸어갔다. 고체가 된 바람이 벽을 세울 때까지 남은 삼
개월을 헤아렸다.

—「난조인에 갔었다」 전문

한정원이 벙커 안으로 들어가 현실이라는 외부 세계로부
터 스스로를 유폐시킨 까닭은 또 있다. 그녀는 현실 세계
의 언어가 지닌 '의미'라는 한계를 극복하기 위해, 대상을

관념에 종속시키는 의미의 폭력을 초월하기 위해 기존 언어의 규칙과 질서가 작동되지 않는 벙커 안에서 언어의 해방을 도모한다.

시인은 언젠가 일본 '난조인'에 다녀온 일을 회상한다. 후쿠오카에 있는 난조인은 청동 와불로 잘 알려진 명사찰이다. 그녀는 일행과 함께 기차를 타고 "삼나무 언덕을 내려와 바닷가를 달리다가" 난조인에 도착해 "금빛 와불 발바닥에 눈을 맞추고 수국이 문 여는 소리를 듣"는다. 그때까지도 아무런 수상함을 감지하지 못하던 시인은 "입장권에 구멍이 뚫려 있"는 것을 확인한 순간에야 비로소 '난조인'이 '남장원'임을, "내가 남장원에 갔다 온 것은 난조인에 갔었다는 말"임을, "그걸 모르고 난조인에 또 갔"다는 사실을 깨닫게 된다.

일본어 히라가나 '난조인Nanzoin'과 한자어 '남장원南藏院'은 동일한 장소의 이명, 엄밀히 말해선 같은 이름의 다른 표기임에도 시인은 "남장원에 갔다 온 봄을 잊었"다. "남장원에서 본 꽃을 지웠"다. "오른손을 오른쪽 머리에 받치고 대리석 바닥에 누워 왼쪽에서 불어오는 바람을 잊었"다. 청동 와불을 흉내 내며 대리석 바닥에 누웠을 때 그에게로 불어온 청량한 바람부터 "새의 울음소리가 들리고 바람은 맨발로 낭하를 걸어"가던 '난조인'에서의 풍요로운 감각적 감응은 '난조인'과 '남장원'이 같은 장소임을 자각한 순간 거품처럼 사라져 버린 것이다. 시인이 입장권에 적힌 '남장원'이라는 글자를 보지 못했다면 오직 '난조인'의 새로움만 감각

됐겠지만, '남장원'이라는 기표가 '난조인'에 덮어 씌워진 순간, 새로움은 익숙함으로 바뀌고, 시인은 의미로서의 언어가 지닌 치명적 한계에 좌절하고 말았다.

그 좌절의 경험이 한정원으로 하여금 의미로부터 언어를 해방시키는 모반을 꿈꾸게 했으리라. 그녀는 벙커 안에서 표층 언어의 폐쇄성을 심층 언어의 확장성으로 바꿔 내는 작업에 몰두한다. 기표에 구속된 기의를 활달하게 풀어 놓음으로써 기표의 가능성까지 확대시키는 것이다. 기표에 얽매인 기의를 풀어 주어 의미의 활로를 확장시키는 한정원의 작업은 "컵은 오른손입니다. 하얀 심장입니다. 붉은 넥타이입니다. 컵은 가슴 위에서 날아다니는 방패입니다"(「컵」)와 같은 환유를 통해 낯선 상징들을 발생시키거나 "갈비탕 신선로 삼계탕 순두부찌개 훈제오리 어복쟁반 팟타이 만두국 냄비우동 짬뽕 감자탕 주먹밥 타코야키 쌈밥정식 피자 딤섬 탄두리치킨"(「미슐랭을 위하여」) 등 무작위로 떠오르는 음식 이름들을 나열하는 자동기술법을 활용하거나 "나는 몸무게를 잃어버렸어요"(「손님」)나 "내가 터미널을 데리고 다녔다"(「터미널 2」)에서처럼 대상의 성질과 행위의 주체를 바꾸는 상식 문법의 파괴 등을 통해 이뤄진다. 그녀는 "앞으로도 발음해 보지 못할 언어를 찾아서"(「비자, 비자림」) "암회색 성채의 비밀문서"(「머리칼의 행방」)를 열람하는 언어의 탐험가, 언어의 인디아나 존스다.

모든 도시의 빛깔은 서울의 사본 같다

낮에는 사라졌다가 저녁이 되면 말승냥이처럼 나타나
낯선 방에서 웅크리고 앉아 울음소리를 낸다
내 안의 타인들은 혀를 내밀고
화장실까지 따라와 재채기를 하고

바다색을 감추고 있는 호수의 끝 박물관에서
누군가 나를 기다리고 있다고 믿는다
공룡은 오래 살아왔고
고흐는 일주일 후에 온다고 한다
바람의 도시에는 같은 이름의 지하철역이
두 개가 있다 서울처럼
반복되는 유사성, 동일성, 기시감

나도 재가 된 적이 있다
미술관 지하 계단을 돌아가며
동양의 작가가 설치한 아홉 개의 기둥 사이에서
어두운 현기증으로 과거를 잊은 적이 있다
양송이 수프를 육식인 양 삼키며
게으른 동물이 되려고 한다

침묵만이 바람에게 희망을 준다
겨울에는 왜 햇빛을 태양이라고 부를 수 없는지
그래서 나는 윈디 시티에서
'그리고 시카고'라고
바꿔 쓴다
　　　　　—「모든 도시의 빛깔은 서울의 사본 같다」 부분

벙커는 방공호, 대피소의 기능을 하지만 때로는 최전방에서 적진을 습격하기 위한 전진기지가 되기도 한다. 한정원은 벙커에 스스로 고립된 채 혼자 누리는 몽상으로 자폐적 쾌락만을 추구하지 않는다. 그녀는 고정된 관념과 확실성과 결정론적 사고가 지배하는 기존의 의미 세계를 전복시키려는 혁명의 열망으로 벙커를 전위에 전진 배치한다. 벙커에서 이 세계를 향해 '모호성'과 '난해성', 그리고 '불확실성'의 총구를 내민다. 그녀는 이미 고대 그리스 회의론자들이 주장한 '에포케epoche', 즉 판단 중지를 위해 "지상의 언어는 유보해 두었"고, 기성 언어가 부여한 의미에 길들여진 대상들에게 무한한 잠재태를 회복시키고자 "나의 언어로 사물들을 잔혹하게 괴롭히고 있"다.

시인이 "모호성은 정확"하다고, "난해한 시는 읽을수록 입체적"(「터미널 3」)이라고, "확실한 것은 불확실성뿐"(「미정씨」)이라고 주장하는 것은 모두 확실성에 대한 반발, 즉 의미에 대한 저항이다. 시인이 의미를 불신하는 것은 이 세계가 의미로 이루어진 기표의 세계가 아니라 이미지로 이루어진 사본의 세계, 미메시스와 시뮬라크르의 공간이기 때문이다. 플라톤은 이데아는 오직 진정한 원본이자 순수한 형상인 '신'이며, 자연은 신의 그림자가 어렴풋이 투영된 사본이라고 말했다. 그러므로 자연을 모방하는 예술은 모방의 모방(미메시스), 속임수라고 주장했다.

장 보드리야르는 "현대 자본주의 사회는 실재 사물의 세계가 아니라 자본주의와 인간의 욕망, 물신주의에 의해 만

들어진 가상의 세계이며 현대인들은 물질도 실재도 아닌 이 가상성, 즉 시뮬라시옹의 이미지를 소비하며 살아간다"고 말했다. 즉 현대인들은 '이미지'에 둘러싸여 살아간다는 것이다. 우리는 전지현의 이미지만을 소비할 뿐이지 전지현이라는 실체에 대해선 알지 못한다. 자본주의에 의해 만들어진, 드라마와 영화, 광고에서 이미지화된 가상의 전지현만을 소비할 뿐이다. 어떤 사람이 벤츠라는 자동차를 구입한다면, 그는 벤츠의 승차감, 성능, 안전성, 안정감 등 그 차의 '실체'를 구입하는 것이기도 하지만, 실은 '벤츠'라는 이미지, 사람들에게 각인되어 있는 '최고의 자동차'라는 이미지, 벤츠 문을 열고 운전석에 앉아 사람들의 부러워하는 시선을 즐기며 드라이브를 하는 그 이미지를 구입하는 것이다.

고대로부터 오늘날까지, 미메시스부터 시뮬라시옹까지 이 세계는 이미지의 세계, 사본의 세계다. 시인은 "모든 도시의 빛깔은 서울의 사본"이라고 말한다. 이 세계에 작동하는 "반복되는 유사성, 동일성, 기시감"을 그녀는 감지한다. 유사, 동일, 기시성은 이 세계가 '의미'의 세계, 확실하고 분명한 '원본'의 세계가 아니라 '이미지'의 세계, 불확실하고 불분명하고 모호하며 난해한 '사본'의 세계인 데서 연유한다. 집단무의식과 태고 유형과 원형의 상징들을 공유하는 우리는 "호수의 끝 박물관"이나 "바람의 도시"나 "미술관 지하 계단"이나 일상의 자리 등에서 아무 풍경, 아무 사건을 마주할 때 어디서 본 것 같은, 경험해 본 것 같은 느낌을 받곤 한다. 그것을 본 것 같긴 한데 완전히 기억해 낼 수 없는 까닭은 "어두운 현기증으로 과거를 잊"은 탓인데, 이때 '어두운 현기증'이란 인류가 형성한 집단 이성, 근대적 지식의 반어적 표현이다. 우리의 이성과 지식, 의미 지향의 언어로는 이 세계를 재현해 낼 수 없다는 것이 한정원의 믿음이다. 이미지의 세계에서 왜 의미에만 구속되어 있느냐고 그녀는 우리에게 질문한다.

어두운 현기증을 극복하기 위한 한정원의 방법론은 메타포, 환유, 난해성, 모호성, 비가시성, 판단 중지 등으로 시도된다. 이 시도는 끊임없이 실패하고 추락할 수밖에 없지만, 그녀는 "구부러진 그림자를 직각으로 세우는"(「리넨으로 흔들리는 기원전 풀잎」) 무모한 실패를 계속해서 반복할 생각이다. 그 실패를 통해 결국 한정원이 닿고자 하는 곳은 언어로 표현할 수 없는 세계, 아무리 표현하려 해도 항상 충분히 표현되지 못하고 자기 안에 늘 일부 남겨지게 되는 세계, 실재하지만 나타낼 수 없는 세계, 바로 라캉이 말한 실재계다. 욕망하지만 현실에는 없는 그 세계를 향해 언어의 표현 불가능성을 극한으로까지 몰고 가 초현실이라는 일말의 가능성을 끝내 찾아내는 이 시인을 나는 매일 만나고 싶다.

> *어제 나는 나의 벙커 속을 보았다.*
> *거기 없었던 한 시인이 있었다.*
> *그녀는 오늘도 거기에 있었다.*
> *하아, 제발 그녀가 사라지지 않으면 좋겠다.*